Kadokawa Fantastic Novels
U0025964
爆裂紅魔Let's & Go!
為美好的世界獻上祝福！5

……只是一個沒注意而已，
妳這個傢伙在幹嘛啊？
猫耳
和真

阿克婭
吾乃阿克婭！
身為受人尊敬崇拜之存在，乃終將消滅魔王者！
而且真實身分乃水之女神！

惠惠
……惠、惠惠，
這、這樣好像有點太近了……
NEET

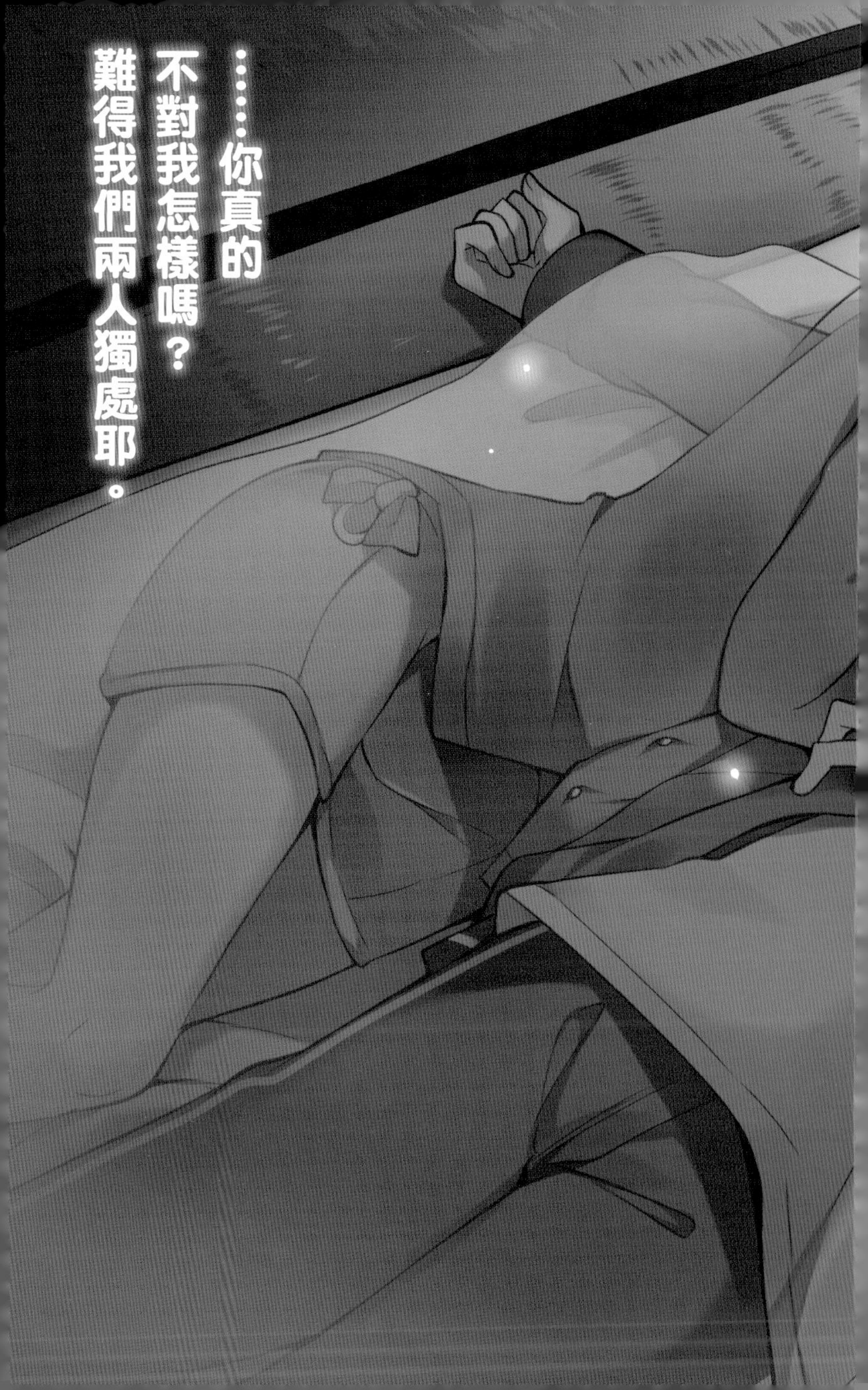
……你真的
不對我怎樣嗎？
難得我們兩人獨處耶。

達克妮絲
喂，你們這些傢伙！
再怎麼說也是魔王的手下吧，
讓我瞧瞧你們的骨氣啊！
有本事就讓我屈服，
叫你們主人啊！

這樣啊……
……還真有妳的呢。
席薇亞

為美好的世界獻上祝福！

爆裂紅魔 Let's & Go！

CONTENTS

為美好的世界獻上祝福！ 5

爆裂紅魔 Let's & Go ！

暁 なつめ

illustration 三嶋くろね

Kadokawa Fantastic Novels

強力放送令人好奇的那個小鎮的情報！

「紅魔之里」的不滅目錄 Eternal Guide

撰文、攝影／有夠會

觀光設施介紹

就連魔王也退避三舍的我們紅魔之里，有著許多美好的觀光景點。途中可能會碰上強大的魔物，來訪時還請留心喔。

許願之泉

獻上斧頭就能召喚掌管金銀的女神，投入錢幣就能實現願望的神聖泉水。

▶插著聖劍的岩石

插著傳說之劍的岩石。據說拔起劍的人能夠得到強大的力量。

大眾浴場「混浴溫泉」

管理人以「Create Water」加水，並發射「Fire Ball」加熱的豪邁溫泉。

▶咖啡廳「死亡劇毒」

餐飲同店名都是一絕。其他像武器店「屠殺哥布林」等，這個村里有許多擁有死忠支持者的店家。

紅魔之里有著培養大法師的英才教育機構。本單元介紹在此學習的未來的大法師們。說不定打倒魔王的優秀人才就在其中喔。

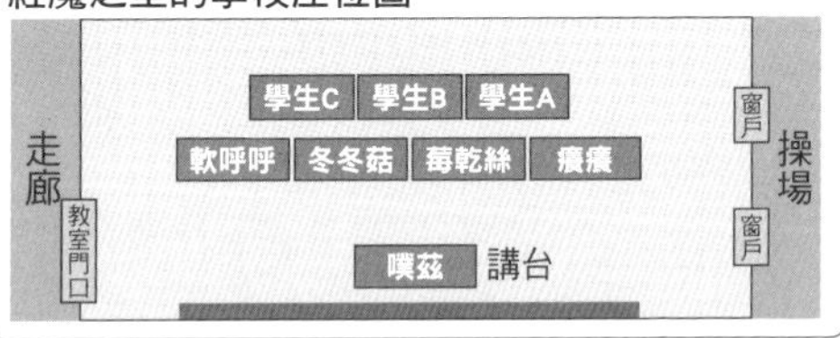

突襲訪問畢業生——「紅魔族首屈一指的天才」！

沒錯，
我就是「紅魔族首屈一指的天才」。
我的目標是「最強」。對於渺小的
上級魔法，我一點興趣也沒有。

可見千里遠的展望台
「巴尼爾彌特」
靈峰「龍之巔」
魔神之丘
養殖場
女神遭
封印之地
地下
機庫
邪神之墓
神秘的巨大設施
許願之泉
插著聖劍的岩石
貓耳神社
綠花椰宰家
學校
魔力供給設施
惠惠家
農業區
大眾浴場
「混浴溫泉」
族長家
聚落
商業區
鷲獅像
怪物
博物館
武器店、咖啡廳

Character
達克妮絲
年齡 18歲
職業 十字騎士
在遭受怪物的攻擊之中得到快感，是專司防禦的女騎士。同時也是大貴族達斯堤尼斯家的千金大小姐。專長是妄想。
阿克婭
年齡 年齡不詳
職業 大祭司
指引英年早逝者的女神。與和真一起以討伐魔王為目標。喜歡的東西是酒，專長是宴會才藝。
惠惠
年齡 14歲
職業 大法師
紅魔族當中首屈一指的天才魔法師。深受「爆裂魔法」的魅力吸引，只會用這招，也只肯用這招。喜歡的東西是爆裂魔法。專長是爆裂魔法。興趣也是爆裂魔法。
芸芸
年齡 14歲
職業 大法師
維茲
年齡 20歲
職業 店老闆
和真
年齡 16歲
職業 冒險者
拖著阿克婭來到異世界，無論是生前還是在異世界都是個繭居族的冒險者。已經放棄討伐魔王這個任務了。
點仔
年齡 ???
職業 ???
巴尼爾
年齡 年齡不詳
職業 大惡魔兼店員

序章

「『Explosion』————————！」

一片平靜的平原突然被施加了蠻橫的暴力。

隨著一陣巨響，爆炸氣流肆虐，同時揚起大量粉塵。

我抱起耗盡魔力而倒在地上的惠惠。

「剛、剛才的有幾分……！」

儘管疲憊不堪，眼神卻依然堅定的惠惠這麼問我。

「嗯……這聲音的迴響還有破壞力……八十五分！」

「唔！不愧是和真，如果要我自己為剛才的爆裂魔法評分的話，確實也會是這個分數。你越來越厲害了……！」

「呵呵，像這樣每天都陪妳發魔法，久了也磨出眼光來了啦。妳要稱我為爆裂品評師也行喔。來吧，我背妳。」

「嗚嗚……」

說著，我將渾身無力的惠惠撐了起來。

「話說回來，妳每天都這樣只狂發爆裂魔法，還真是不會膩耶。妳不覺得自己差不多該學些其他的魔法，升級成優秀的魔法師了嗎？」

「一點也不。不如說，我這麼優秀的魔法師都和你一起冒險了，哪來這麼多怨言啊？」

這個自稱「優秀的魔法師」的傢伙，一邊伸手攀著我的背這麼說。

不過，說來說去，最近我也越來越覺得這個傢伙很可靠了，只要別用錯地方的話……

我嘆了一口氣，重新背好惠惠。

——明天開始又要出外旅行了。

因為路上可能得為了保留魔力而無法發魔法，今天我也像這樣被拖來陪她一日一爆裂。

真是的，她還真的都不會膩呢。

走在通往阿克塞爾街道的路上。

在映著夕照的天空之下，我背上的惠惠心有不甘地喃喃說道：

「下次我一定要達到一百分……！」

第一章 因報憂的信件做出決斷！

1

——**我想要和真先生的小孩。**

芸芸說出的這番熱情的話語，讓我整個人僵住，紅茶直從我的嘴角滿溢流出。

她在我眼前紅著臉、握著拳頭，不住顫抖。

渾身僵住的不只我一個。除了我以外的人，也全都目瞪口呆。

那當然囉，畢竟芸芸說的可是……

「惠惠，妳這步先別走好不好？如果妳讓我悔棋的話，我就把這顆在阿爾坎雷提亞的溫泉找到的，形狀奇特的石頭送給妳喔。」

……不，只有一個傢伙完全沒在察言觀色，也沒在聽我們說話。

那是坐在僵住的惠惠對面，拿著棋子苦思的阿克婭。

我回過神來，擦了擦嘴角的紅茶，結果換一臉茫然的達克妮絲手上的茶杯一歪，把紅茶灑到地毯上了。

我把茶杯放到桌子上，整理了一下衣領，面對芸芸說：

「……妳剛才說什麼？」

「我、我說，『我想要和真先生的小孩』！」

隨著我的詢問，芸芸紅著臉這麼坦言。

看來不是我聽錯。

「……我希望第一個小孩可以是女生。」

「不、不可以，第一個小孩一定要是男生才行！」

我原本以為她是個文靜乖巧的女孩，看來該說的事情還是說得出口呢。

但有些事情我絕對不會退讓。只要是男人，都會想聽到女兒叫一聲「把拔」啊……！

「不，你們等一下，什麼想要女生想要男生的！為什麼會一下子就談到那種地步去啊！而且芸芸妳突然說那是什麼話啊？妳真的知道自己剛才說了什麼嗎？」

回過神來的惠惠忍不住站起來這麼說。

「對、對啊，惠惠說的沒錯，妳叫芸芸對吧？我不知道妳和和真之間發生了什麼事，不過妳冷靜一點！妳知道這個傢伙是怎樣的男人嗎？」

達克妮絲還這樣說我的壞話。

「咦？等一下！沒錯，就是這裡！只要在這裡配置我原本覺得沒用的十字騎士……！」

而阿克婭完全沒察覺到我們的騷動，獨自維持自己的步調，拿著棋子苦思。

她的對戰對手惠惠，則是抓住芸芸的肩膀用力搖晃道：

「回過神來吧，芸芸！妳有時候會顧著橫衝直撞，看不清楚眼前的狀況！到底發生了什麼事情，請妳從頭開始依序說明！」

「因、因為因為！要是我不和和真先生生小孩的話，世界會……！魔王會……！」

被惠惠不停搖晃的芸芸這麼大喊，一臉快哭出來的樣子。

「我懂了，世界啊……沒關係，妳不用全部說清楚我也明白。世界和魔王都交給我解決。只要我和芸芸生了小孩，就有辦解決魔王、拯救世界吧？我怎麼可能會拒絕懷抱著困擾的人的請求呢？」

「你、你這傢伙！之前我們想出任務在求你的時候，你明明就一直嫌煩還那麼抗拒！」

「就是說啊！明明平常人家說什麼都聽不進去，為什麼只有這種時候這麼好說話！而且這件事情明明就這麼不對勁，你多少也要覺得可疑吧！」

我對著從旁插嘴的兩人說：

「吵死了——！妳們兩個從剛才開始就一直囉嗦個沒完！這是我們兩個人的問題吧？無關的人不要在旁邊多嘴啦！難得我的桃花期來了，妳們別妨礙我好嗎！」

「這個男人居然反過來對我們發脾氣了！而且這哪裡和我沒關係了？朋友都快被奇怪的男人拐走了，我當然要插嘴啊！」

為了讓不肯罷休的惠惠閉嘴，我又說：

「話又說回來了，我一直以來遇見了那麼多美少女和美女，卻一直沒有發展成這樣才比較奇怪吧！我們可是打倒許多魔王軍幹部的英雄耶！再怎麼說都解決了那麼多事件不是嗎！也差不多該有對我心懷好感的美少女，或是想找我要簽名的冒險者出現了才對吧！喂，達克妮絲！妳好歹也是個貴族吧，是的話就頒個動章給我，來表揚我的功績啊！」

「你、你這個傢伙，這種事情只可以在心裡想，不可以說出來！難得立下偉大的功績，自己說出來不就白費了！」

而看著我們吵架的芸芸……

「冷、冷靜一點！不好意思，都是我害的，請、請你們冷靜一點！」

被夾在我們中間，不知所措地這麼說。

「我聽說在十六歲到二十歲之間結婚是這個國家的常態喔！而且單論結婚的話好像十四歲就可以結了！既然芸芸是惠惠的同學，應該已經十四歲了吧？既然如此，就沒有任何問題啦！太棒了，真是太美好了！不會觸犯條例的幸福！不會被當作羅莉控的幸福！我第一次喜歡上這個世界了！不如說，現在是怎樣？妳們該不會是喜歡我吧？因為我快要和芸芸開始交

往了，妳們就吃醋了？既然如此就老實承認嘛，妳們這幾個傲嬌！」

「這、這個傢伙！達克妮絲，我們來教訓他！讓這個傢伙好好嘗一下苦頭！」

「好，我們把這個口無遮攔的廢人給宰了！」

「哦？哦？怎麼，想動手啊？妳們還真是學不乖啊！既然我有『Drain Touch』這個攻擊手段，觸碰妳們的身體就只是正當防衛！無論我一把抓住任何地方，都不算性騷擾喔！」

我對著兩人抓動雙手以示威嚇，而面對我如此挑釁，惠惠的眉毛也越挑越高。

當惠惠眼看著就要攻過來的時候，有人從旁拉了拉她的披風。

「吶，輪到惠惠囉。妳看妳看，我對這步還滿有自信的。快點嘛，快過來這邊！」

「Explosion——！」

「哇啊啊啊啊啊——！」

被阿克婭拉住的惠惠喊出「Explosion」的同時，連盤面都沒看就把桌遊整個翻了。

「嗚……嗚……『Explosion』規則應該要禁止才對啦……」

阿克婭啜泣著撿起掉在地毯上的棋子，而惠惠也沒正眼看她一眼，舉起法杖指著我說：

「我好歹也是以最強的魔法師為目標，每天不斷努力的人。和真的各項參數那麼孱弱，我不需要使用魔法也能輕鬆打贏你！」

「哎呀，這下我再怎麼善良也會發火喔。我最厲害的一點，就是以如此孱弱的參數也能夠和眾多強敵周旋之處。**只會一招的笨蛋爆裂魔人**，對上我的時候根本占不了什麼優勢，那邊那個**只長肌肉不長腦的十字騎士**更是甭提了。」

「只長肌肉不長腦的十字騎士！」

在隨時會開打的氣氛當中，芸芸眼中泛淚，突然大喊：

「惠惠，妳聽我說！**紅魔之里……紅魔之里會消失啦！**」

2

「請用茶。」

「謝、謝謝，妳太客氣了。」

被我們請到沙發上坐下的芸芸接過阿克婭端給她的茶之後，終於恢復了冷靜。

「……所以說，到底是發生了什麼事？紅魔之里會消失……這話真是太危言聳聽了。妳可以說明一下嗎？」

聽惠惠這麼說，芸芸默默拿給她一個信封。接過之後，惠惠從裡面拿出兩張信紙。

當妳收到這封信的時候，我一定已經不在世上了吧。
畏懼我們力量的魔王軍，
終於要開始正式進攻這裡了。
他們已經在紅魔之里附近建設了巨大的軍事基地。
而且還不僅如此。
魔王軍派遣了大量的部下，
還有對於魔法具備強大抗性的幹部來到這裡。
呵呵……該死的魔王，看來他相當畏懼我們吶。
由於無法順利破壞軍事基地，
我們現在能夠採取的手段相當有限。

沒錯，身為紅魔族的族長，
即使犧牲自己，我也要和魔王軍的幹部同歸於盡。

我心愛的女兒啊。只要還有妳在，
紅魔族的血脈就不會斷絕。族長的寶座是妳的了。
……身為現世最後一名紅魔族，
妳絕對要讓血脈延續下去……

「……這是芸芸的爸爸，也就是族長寫的信吧。**『……當妳收到這封信的時候，我一定已經不在世上了吧』**……？」

惠惠看著信，表情變得越來越凝重。

這封信件的內容，確實是足以讓芸芸陷入慌亂了。

好像是有魔王軍的幹部出現在紅魔族的村里附近，還率領了許多部下，一起建設了軍事基地的樣子。

不僅如此，派遣過去的好像還是不怕魔法的幹部。

而且，現在他們處於無法破壞該軍事基地的狀況……

信中還提及紅魔族族長已經做好心理準備，賭上身為紅魔族的尊嚴，決定要和魔王軍的幹部同歸於盡。

然後……

「**『族長的寶座是妳的了……身為現世最後一名紅魔族，妳絕對要讓血脈延續下去……』**請等一下，這裡還有另外一個紅魔族活著好嗎！」

正當惠惠如此憤慨地說著時……

「先別管這個了，繼續看下去！還有一張！」

魔王軍的襲擊，導致紅魔之里滅亡。

村里的占卜師看見這絕望未來的那天，

同時也看見了希望之光。

紅魔族唯一的倖存者芸芸，

懷抱著總有一天要討伐魔王的心願，努力修練。

這樣的她在新進冒險者的城鎮，遇見了某個男人。

既不可靠，又沒有任何力量的那個男人，

正是注定成為她的伴侶的對象……

和小白臉沒兩樣，都不工作的男人。

芸芸辛勤地供養著他……

對於一直終日修練的芸芸而言，

這樣的日子雖然貧困，卻也讓她感到快樂與幸福。

歲月如梭。

倖存的紅魔族與那個男人生下的小孩，

曾幾何時，已經長到足以稱作少年的歲數了。

那名少年繼承了父親的冒險者志業，踏上旅途。

但是，少年還不知道。

他正是能夠為一族報仇，打倒魔王之人……

《紅魔族英雄傳》第一章 作者：有夠會

聽芸芸這麼說，惠惠唸出另外一張信的內容：

「**『——魔王軍的襲擊，導致紅魔之里滅亡。村里的占卜師看見這絕望未來的那天，同時也看見了希望之光。紅魔族唯一的倖存者芸芸……』**……所以我說，為什麼只有芸芸是唯一的倖存者？難道我會怎樣嗎？」

「不，先別管這個了，繼續唸下去啦！」

「**『……唯一的倖存者芸芸，懷抱著總有一天要討伐魔王的心願，努力修練。這樣的她在新進冒險者的城鎮，遇見了某個男人。既不可靠，又沒有任何力量的那個男人，正是注定成為她的伴侶的對象……』**。」

聽到這裡，阿克婭、達克妮絲、惠惠都盯著我的臉一直看。

「……為什麼妳們聽到這裡就要看向我？難不成妳們是覺得這封信上說的『既不可靠，又沒有任何力量的男人』指的就是我嗎？而且芸芸也只是基於這樣的條件情報，才會跑過來找我？」

聽我這麼說，芸芸輕輕別開視線。

「我繼續唸下去囉。**『……歲月如梭。倖存的紅魔族與那個男人生下的小孩，曾幾何時，已經長到足以稱作少年的歲數了。那名少年，繼承了父親的冒險者志業，踏上旅途。但是，少年還不知道。他正是能夠為一族報仇，打倒魔王之人……』**」

「──「！」──」

聽到這裡，不只我，就連達克妮絲和阿克婭也倒抽了一口氣。

「我、我們的小孩會打倒魔王……？」

「等、等一下！這也太突然了吧！喂，和真，你為人那麼多疑，應該不會相信占卜那種曖昧不明的東西吧？」

「吶，這樣我會很困擾耶！這樣我真的會很困擾啦！」

正當我因為自己肩負的命運之重大而感到愕然時，不知為何，達克妮絲和阿克婭卻慌了起來。

……怪了。

這兩個傢伙是怎樣，難不成真的在吃醋嗎？

不、不會吧，真的嗎？

事情該不會真要發展成那種酸酸甜甜的關係……

「對我來說，我可不希望你這麼悠哉，你倒是快點打倒魔王啊！難不成我還得等到和真的小孩長大嗎？我說，要經過多少年才足以稱作少年啊？算個三年左右好不好？不行的話，那種占卜就不能算數！」

看來並不會。

而且三年是怎樣？是想叫一個幼兒去討伐魔王嗎？

「紅魔之里有個非常厲害的占卜師！也就是說，這個占卜……」

「事情原委我都明白了，既然是這樣，就儘管包在我身上吧。這也是為了世界，我義不容辭。」

「你、你這個傢伙，真的願意接受這種事情嗎？平常明明就那麼優柔寡斷，今天怎麼那麼有男子氣概啊！」

達克妮絲揪住我的領口，把臉湊了過來。這時，讀完信的惠惠輕聲冒出一句：

「……這張信紙的最後，寫著**『《紅魔族英雄傳　第一章》作者：有夠會』**耶。」

「「「！」」」

聽惠惠這麼說，我、達克妮絲，以及芸芸都猛然轉過去看她。

阿克婭探頭看了一下信說道：

「我看我看！哎呀，字跡和第一張信的不一樣呢。第一張信應該是芸芸的爸爸寫的吧。第二張上面還寫了**『備註：因為郵資很貴，我拜託族長讓我夾在他的信裡。第二章寫好之後我會再寄過去』**呢……」

「啊啊啊啊啊啊啊啊啊啊啊啊啊啊啊——！」

芸芸突然搶走那張信紙，揉成一團丟掉。

「哇啊啊啊啊啊啊，太過分了！笨蛋有夠會——————！」

看著趴在地毯上放聲大哭的芸芸，我困惑地說：

「喂，這是怎麼回事，說明一下！有夠會是什麼，我的小孩又怎麼了？我該怎麼辦？應該在這裡脫還是回房間脫？」

「你回房間睡你的大頭覺啦……有夠會是我們在紅魔之里的同學。該怎麼說呢，她是個想當作家的怪孩子……」

聽惠惠這麼說，達克妮絲露出鬆了一口氣的表情道：

「什麼啊，原來只是虛構故事啊……嗯？等一下，那第一張信呢？」

「這張的內容應該是真的吧。紅魔族從以前開始就被魔王軍視為眼中釘，我也覺得總有一天會變成這樣。他們大概是終於打算正式侵略我們的村里了吧。」

「喂，等一下，那我該怎麼辦？誰要對我的男人心負責啊？把氣氛炒得這麼熱，讓我嗨到不行的時候才說沒有這回事，開什麼玩笑！芸芸呢？今後我和芸芸之間應該會建立起酸酸甜甜的關係吧！」

「並不會。你真的很礙事耶，去找阿克婭玩好嗎……而且惠惠，妳為什麼可以這麼冷靜？惠惠都不擔心家人和同學嗎？妳的故鄉不是陷入危機了？」

達克妮絲這麼說完，嚎啕大哭的芸芸忽然抬起頭來說道：

「說、說的也是，現在不是哭的時候了！惠惠，怎麼辦？我想村里是真的遭到攻擊了！我們該如何是好？」

對於達克妮絲和芸芸的發言，惠惠表示：

「我們可是魔王也害怕的紅魔族耶，我不覺得村里的人會乖乖被打敗。而且……既然族長之女芸芸在這裡，那即使紅魔之里發生任何事情，血脈也不至於斷絕。所以，只要這麼想就可以了。各位里民永遠都會長存於我們心中——」

「妳這個無情的傢伙！為什麼妳總是那麼冷淡地看待事情啊！」

淚眼汪汪、臉頰微微泛紅的芸芸看著我的臉說：

「不、不好意思……突然對你說這種奇怪的事。該、該怎麼說呢，畢竟我認識的男性，也就只有和真先生而已……」

「不、不會，沒關係。先別說這個了，妳接下來打算怎麼做？妳的故鄉正面臨危機吧？」

芸芸拭去眼角的淚水說：

「是的，我打算等一下就動身前往紅魔之里。因為，我的……朋、朋……朋友……也還在村里當中……」

看來她和那些人的關係並不完全算是朋友。

「不好意思，驚擾各位了！還有，惠惠也是。我要走了喔……」

我們目送著落寞地走出去的芸芸。

「……和真，你真的要讓那個女孩一個人離開嗎？我還以為你會色心大動，耍帥說什麼『我也跟妳去』之類的呢。」

「他們不是遭受魔王軍幹部的攻擊嗎？我跟著她去那種地方也只是礙手礙腳吧。而且既危險又可怕，我們又是出完遠門剛回來，再怎麼說也太累了……倒是惠惠，如果妳擔心她的話，也可以跟她回去啊？」

「你、你這個男人，分明剛才還一直強調自己是打倒許多魔王軍幹部的英雄之類，自吹自擂的不是嗎！再說了，我怎麼可能會擔心芸芸啊？她可是我的競爭對手耶，就跟我的敵人沒兩樣。」

說著，惠惠轉過頭去，惹得我和達克妮絲不斷竊笑。

「喂，說是這麼說，但這個傢伙從剛才開始就一直表現得相當心神不寧呢。」

「別說了，和真，惠惠只是不太坦率罷了。不如你幫她找個回去的藉口如何？」

惠惠瞪了一眼如此交頭接耳的我們。

「喂，阿克婭，妳也表示點意見……啊……」

說著，我轉過頭去看向阿克婭。

「呼……」

只見她躺在沙發上睡大頭覺。

看來這個話題對她來說似乎太複雜了點。

……最後，鬧彆扭的惠惠回到二樓的房間，把自己關在裡面。

留在大廳的達克妮絲對我說：

「和真，你真的不管這件事嗎？那個名叫芸芸的女孩是惠惠的朋友吧？雖然聽說她很強……可是……」

「放心啦，她可是會用上級魔法的正牌紅魔族喔。我覺得與其和我們一起行動，她自己一個人可能還比較安全呢。畢竟，我們的隊伍裡還有個非常受到不死怪物喜愛的傢伙在嘛。」

說著，我看向在沙發上窩成一團，睡到連口水都流下來的阿克婭。

而且，雖然現在惠惠還在逞強，但反正不久之後……

——當天晚上。

我吃完晚餐，在自己的房間裡打發時間的時候，有人輕輕敲了我的房門。

「請進——」

聽見我的回應之後走進房間的人，當然就是……

「……和真，我有件事情想跟你說，可以耽誤你一下嗎？」

身穿睡衣，癟著嘴角，一副欲言又止的惠惠。

「都這麼晚了，有什麼事啊？芸芸的發言點燃了妳的競爭意識所以想來夜襲我嗎？」

「小心我揍飛你喔！是怎樣，自從我滿十四歲以後，你對我的性騷擾發言就開始越來越不節制了耶！」

惠惠氣得滿臉通紅，而我則是盤腿坐在床上，示意要她繼續說下去。

不過，我也大概猜得到她想說什麼就是了……

惠惠清了清喉嚨，然後說：

「就是啊，芸芸會怎樣是不關我的事啦。不過，其實我有一個年紀和我差了很多的妹妹。」

…………

「所以啊，芸芸會怎樣真的不關我的事，但是我很擔心我的妹妹……怎、怎樣啦，你幹嘛一直竊笑啊！」

面對說出這種傲嬌台詞的惠惠，我不禁竊笑了出來。

3

隔天早上。

在冒險者公會拿到紅魔之里附近的地圖之後，我望著大家說：

「總之就是這樣。這個傲嬌妹說想回故鄉一趟，所以我們也跟著一起去紅魔之里玩吧。」

「你叫誰傲嬌妹啊！我不是說了嗎，我是擔心妹妹，所以才會……！」

面對嚴正抗議的惠惠，我壓住她的頭，打斷了她的話說道：

「紅魔之里似乎正在和魔王軍交戰。所以，我們先從遠方觀察村里的狀況，如果看起來和信裡面寫的一樣危險就直接閃人，如果在路上看見魔王軍那也一樣直接閃人。此外也要盡量避免和怪物交戰！」

「還真是消極的作戰計畫啊，也太有和真的風格了吧！不過算了，雖然才剛出遠門回來，我就以我的力量來拯救惠惠的故鄉的人們好了！」

最近討伐了魔王軍幹部之後，阿克婭變得莫名有自信，還握著拳頭這麼說。

「紅魔之里啊……那裡可是充滿強大怪物的樂園呢。而且，魔王軍也正派出大軍襲擊那裡……！啊啊，要是被他們以數量優勢壓倒，被他們抓到的話，那該如何是好！和真，要是事情真的變成那樣就別管我，只要考慮你們自己就好了喔！」

「放心吧，我開心都來不及了，當然會把妳丟在那裡。到時候妳可別回來啊。」

我如此斷然告訴說了蠢話的達克妮絲，背著前幾天旅行回來後還沒整理的行李，和她們三個一起走出豪宅。

照理來說，我們應該要直接去搭共乘馬車，不過關於這次的旅行，其實我有個好點子。

「和真，你到底要帶我們去哪裡？我們不是要和那個叫芸芸的女孩一起去紅魔之里嗎？」

「芸芸已經搭昨天下午的馬車出發了啦，現在才去追她也趕不上了吧。而且，我已經不想再搭馬車旅行了。先別說這個了，我想去一個地方。」

——我如此回答阿克婭之後不久，就抵達了目的地。

「唔……你想去的地方就是這裡啊……那個，我好歹也是侍奉艾莉絲女神的十字騎士，所以不太想來啊……畢竟這裡——」

「歡迎光臨！明明是容易練等的職業，等級卻遲遲無法提升的男人，還有最近除了家世的影響力以外沒什麼派上用場的女孩！以及散發著煩人光芒的流氓祭司，跟只會使用搞笑魔法的搞笑種族啊！汝輩來得正是時候！」

「有這個傢伙在……！」

「搞、搞笑種族……！」

聽到正在店門口打掃的帶著詭異面具的店員如此招呼，達克妮絲和惠惠心有不甘地如此呻吟。

我之所以會過來這裡，是為了把許久之前就一直展延的生意談妥。另外，還想請維茲幫個忙……

巴尼爾沒有理會皺著眉頭，並不斷以刺拳輕輕攻擊他的阿克婭，只是繞到我身後，一面說著「請進、請進」，一面就把我推進店裡。

店裡看不見維茲的身影。

反而是內場傳出一陣啜泣的聲音。

被這個可疑的店員推了進來的我說：

「來得正是時候是什麼意思？你們又進了什麼奇怪的商品嗎？先把話說清楚，我可不會買這間店的商品喔。」

「先別這麼說嘛！吾也不打算每次都賣些破銅爛鐵啊。這個東西汝應該會喜歡才對。」

打算趁這個大好機會推銷的巴尼爾，遞給走進店內的我們的，是一個蓋子已經被打開的小盒子。

「……？這是什麼？」

「驅趕不死怪物的魔道具。只要打開盒蓋，就會冒出讓不死怪物不敢接近的神氣，持續時效長達半天。汝輩之中不是有個頗受不死怪物喜愛的奇怪傢伙嗎？之前那趟旅行，汝應該因此吃了不少苦頭吧？只要有了這個，包管即使在野外也能睡個好覺！」

「等一下，你口中的奇怪傢伙不會是在說我吧？」

驅趕不死怪物的道具啊。

光聽他這樣說，好像是個很方便的東西……

「那壞處呢？反正一定有什麼問題吧？」

「才沒有什麼問題呢。真要說的話就是價格昂貴，而且用完就沒了吧。不過功效可是十分出色！那個糊塗老闆打開盒子之後就再也無法從內場出來，從剛才就只能一直哭，足見其性能之高。」

「不，還是蓋上盒蓋幫她通風一下吧！原來內場傳出來的哭聲是維茲啊！不過維茲也真是的，為什麼會進這種東西呢……不過，這個看起來確實是很方便，給我一個吧。感覺馬上就會派上用場了。」

我一邊想著路途中野營的事情，一邊打開錢包……

「謝謝惠顧！一個只要一百萬艾莉絲！」

「貴死人了！這麼貴的話我還不如和那些聚集過來的殭屍戰鬥！」

巴尼爾沒有理會我的抗議，拿了一個新的盒子迅速裝進袋子裡，同時說：

「有什麼關係嘛，客官。畢竟客官就快要變成大富翁了不是嗎！目前為止所有商品的智慧財產權，由吾以總價三億艾莉絲買斷！契約內容是這樣吧？」

說著，他拿出一張契約書。

「三億艾莉絲……！要是給了他那麼一筆鉅款，這個男人真的會變成遊手好閒的廢人吧！不，可是，這樣也未嘗不可……」

一臉煩惱的達克妮絲在一旁不知道在碎唸些什麼。

這時，一臉笑咪咪的阿克婭和惠惠分別從左右兩邊拉了拉我的袖子。

「和真先生、和真先生，我覺得豪宅裡應該要有個游泳池。」

「我想要魔力清淨機，聽說那可以提升魔力的恢復效果呢。」

「哎呀，你們這些嗅到銅臭味的錢鬼。游泳池和魔力清淨機聽起來就很貴，我可買不起，不過妳們可以趁現在去挑些在這趟旅程當中可能會用到的道具。」

我對阿克婭和惠惠這麼說，兩人便開心地在店裡挑起東西來了。

我決定請巴尼爾買斷我開發的各種商品，一次付清。

我很容易被捲進各種麻煩事當中。

所以我想做好準備，可以在碰上什麼萬一的時候就只帶著錢脫身。

畢竟一下是魔王軍幹部，一下又是機動要塞襲擊，這個城鎮在一年內已經碰上兩次危機，先做好準備也不為過。

「——既然如此，那個驅趕不死怪物的魔道具的費用，就從三億艾莉絲裡面扣掉吧。應該還沒那麼快能拿到那三億吧？」

「是啊。不好意思，誰教那個在內場哭哭啼啼、令人失望的老闆進了這種不必要的商品，又增加了無謂的支出。這間店原本就沒什麼錢了。不過放心啦，下週應該就可以拿到一大筆金額了。我正在這個城鎮募集投資者。」

下週啊……下週我就會變成這個城鎮最有錢的人了啊！

「對了，我有點事要找維茲，幫我叫她一下好嗎？」

我如此要求，巴尼爾便心不甘情不願地蓋上洩出白煙的盒子。

打開窗戶通風了一陣子之後，維茲總算從內場出來了。

因為旅行時的一點麻煩，不久前才差點升天的維茲，帶著比平常還要蒼白的臉色說著「歡迎光臨」，並露出微笑。

「喲，維茲，妳的身體還好吧？不好意思，接連一直來打擾妳。其實我今天不是來當客人的，而是有點事情想拜託妳。」

「……？有事情拜託我？」

維茲微微歪頭，表示不解。

我對她說明了惠惠的故鄉現在的狀況，還有想拜託她的事情。

「——原來如此。所以我只要用瞬間移動魔法，將各位送到阿爾坎雷提亞去就可以了，是吧？」

為了前往紅魔之里，必須先抵達阿爾坎雷提亞，再從那裡朝紅魔之里前進才行。

明明是不死怪物卻喜歡泡澡的這個巫妖，似乎是在上次旅行當中愛上了溫泉，於是將阿爾坎雷提亞登記為瞬間移動魔法的目的地之一了。

正當我和維茲說著這些的時候，其他人都在店裡挑選著商品。

「巴、巴尼爾，這個吸引怪物的魔藥有怎樣的功效？把這個灑到身上之後，到底會發生什麼事情？」

「這是服用型的魔藥。飲用之後，不只怪物，就連鎮上的人、父母、同伴都會開始憎恨並攻擊汝，毫無例外。是個非常適合汝的扭曲性癖的推薦商品。要不要帶一罐啊？」

「……連父母、同伴都會討厭我啊……嗚嗚，如果一直被討厭的話我也會很困擾，不過要是魔藥的效用時間不長，倒是可以考慮購買……」

「哦……這罐魔藥上寫著能夠暫時提升特定魔法的效能呢。有沒有能夠提升爆裂魔法威力的魔藥啊？」

「嗯，現在店裡的魔法效能提升魔藥，只剩下『咒縛魔法』和『泥沼魔法』兩種了。咒縛魔法用的魔藥，具有提升魔法影響範圍的作用。所以，對敵人使用魔法時會讓自己也一起動彈不得。泥沼魔法也同樣能夠擴大影響範圍，用了之後施術者也會溺死。」

「根本沒用嘛……那這個很有存在感的奇怪人偶又是什麼？」

「那是巴尼爾人偶，製作時塞了吾之面具的碎片，害怕吾的惡靈就不會接近，相當優秀。這也是本店目前唯一的熱賣商品。雖然半夜會發出笑聲，但功效超群。汝輩的豪宅裡也有個幽靈喔，雖然不是惡靈……要不要帶一個啊？」

「半夜會發出笑聲的東西最像惡靈吧。再說了，如果豪宅裡有幽靈，我們家的阿克婭怎麼可能置之不理。」

「等一下，惠惠不相信我說的話嗎？我之前不就說過了，那間豪宅住了一個貴族女孩的

幽靈！但因為她很可憐，所以我只是暫時沒有驅除她罷了！」

「嗯，對啊。而且那個幽靈偶爾還會偷喝阿克婭的酒吧，我知道我知道。」

「連達克妮絲也這樣！相信我啦——！」

吵、吵死人了……

正當我因為背後那些人而分心時，維茲露出一臉懷念的表情說：

「話說回來，紅魔之里啊。我以前原本也因為想進貨而去過那裡呢。我去找了一個名叫飄三郎的知名魔道具師傅，只可惜時機不湊巧，他正好不在……」

這時，不知何時來到我身邊的惠惠輕輕「咦」了一聲：

「請、請等一下。妳剛才說的是飄三郎嗎？應該說……維茲去紅魔之里是多久以前的事情啊？」

「我去那裡的時候……應該是距今兩年前吧？對了對了，我前往那位師傅的家裡打擾時，有個和惠惠小姐幾分神似的可愛小女孩出來和我接洽……」

聽她這麼說，惠惠抱頭蹲了下去。

「怎麼了嗎？」

「沒、沒有……只是好像因為我多餘的判斷，搞砸了送上門的生意……」

惠惠沒頭沒尾地說著這些時，後方也傳來乒乒乓乓的聲音。

「不准碰商品，災難女！汝碰過的魔藥會變成清水啊！」

「你那什麼態度啊，沒聽過尊客如神嗎！不過我是真正的女神就是了！總之對待神的時候就該拿出應有的態度來！」

「搞砸商品還敢惱羞成怒，汝這窮神！夠了，維茲，吾聽見汝輩剛才的對話了！汝要負責送這些傢伙一程對吧！在更多商品被搞砸之前趕快送客！」

聽巴尼爾如此叫罵，維茲一面苦笑，一面準備施法。

「喂，小鬼！」

巴尼爾見狀，把嘴湊到我的耳邊說：

「這算是汝買了高價商品的謝禮。是出自千里眼惡魔的忠告……汝在這次旅行的目的地，將會碰上同伴有所迷惘的時刻。汝的建言，將讓該同伴改變自己應行之路。汝當審慎思量，做出不讓自己後悔的建言。」

還真是耐人尋味的一番話啊。

這個傢伙的所謂忠告，也太可疑了。

讓依然在抱怨的阿克婭閉嘴之後，我們四個聚在一起。

「那麼，各位。祝你們旅途平安……！『Teleport』！」

4

我睜開在維茲施法時不禁閉上的眼睛。

出現在眼前的光景，是水與溫泉之都阿爾坎雷提亞。

我原本以為不會再來到這個地方了，沒想到才剛回到家，竟然又立刻返回這裡……

「吶、吶，和真先生、和真先生。」

「我們要立刻離開這個城鎮，因為我一點都不想再和妳那個教團的傢伙有任何瓜葛。」

「為什麼啦——！」

不知道該說不意外還是什麼，阿克婭果然想在這裡住上一晚，但我這麼打發了她，開始蒐集有關芸芸的情報。

芸芸是昨天出發的。

她應該是搭共乘馬車過來，不過從阿克塞爾到阿爾坎雷提亞之間的距離，即使一大早就出發也得花上一整天。

雖然只是推測，但託了維茲的瞬間移動魔法的福，我們應該領先她了才對。

……但是，聽見我想要等芸芸前來會合的提議……

「和真，我並不是因為擔心芸芸才返鄉，而是擔心我妹妹才決定跑這一趟。所以，我們直接出發吧。放心吧，不需要擔心她，她一定能自己追上我們。」

惠惠卻是板著臉這麼說。

看來她真的打算貫徹擔心她妹妹的說法。

……真是個麻煩的傢伙。

最後，我們在阿爾坎雷提亞停留了沒多久，就走向郊外，踏上通往紅魔之里的道路。

要是撞見阿克西斯教徒，事情又會變得很麻煩，站在我的立場這也是好事一樁啦……

共乘馬車並沒有到紅魔之里。

據說通往那裡的路程相當危險，就連商隊也不會走。

更何況，紅魔族的人們能靠瞬間移動魔法自由往來各個城鎮。

所以，商隊也沒必要特地冒著危險前往那裡了。

「從這個城鎮到紅魔之里，步行大概需要兩天。路上棲息著許多危險的怪物，這種時候和真的感應敵人技能就很可靠了呢。」

離開阿爾坎雷提亞之後，我們走在經過整理的道路上，朝紅魔之里邁進。

在危險怪物環伺的狀況下野營，老實說有點可怕。

所以，我想趁日落之前盡可能多爭取一點距離。

「包在我身上。在上次的旅程當中，我們不是狩獵了一些小怪嗎？那個時候，我提昇了一個等級，技能點數也就跟著多出來了，所以我學了『逃走』這個盜賊技能。這樣就隨時都可以逃跑了。」

「和真，那該不會是只對你有作用的技能吧？你的意思不會是感應到敵人之後，隨時都可以自己一個人逃走吧？」

對於阿克婭意外敏銳的發言，我決定充耳不聞。在打前鋒的達克妮絲帶頭之下，我們依序以我、惠惠、阿克婭的隊形走在路上。

「和真是容易升等的冒險者吧？可是，你面對魔王軍幹部展開了那麼激烈的戰鬥，卻只提升了一個等級。我可是一口氣升上三十三等了呢！」

「喂，不准拿卡片在我面前炫耀，小心我搶過來丟掉喔。我也沒辦法啊，妳有能力給頭目級的敵人最後一擊，又可以一口氣轟殺一大群小怪；我的攻擊手段就只有這把被取了怪名字的日本刀和弓箭耶。」

正當我們說著這些，即將走進樹林之際。

走在最前面的達克妮絲，突然在原地止住腳步。

「……嗯？前面有人耶。」

聽達克妮絲這麼說，我們也看了過去……

只見在樹林入口處有個坐在突出的岩石上的綠髮少女發現了我們，並對我們揮了揮手。

她一個人待在這種地方嗎？

……這時，我看向那名少女的腳邊。

少女的右腳腳踝包著滲出血跡的繃帶，她還不時瞄著腳踝，皺起眉頭，一臉很痛的樣子。

然後，她以楚楚可憐的眼神看向我們。

看見她的動作，我的某個技能有了反應。

……我該說什麼？

…………這個世界，該怎麼說呢，真的是太不像話了！

「她受傷了耶。吶，妳還好嗎？」

說著，阿克婭毫無戒心地走向少女，而我一把抓住她的肩膀，阻止了她。

此舉一出，不只阿克婭，就連惠惠和達克妮絲都看了我一眼。

「我的感應敵人技能捕捉到強烈的怪物氣息。那是怪物擬態而成的模樣。」

「「「咦！」」」

少女一臉悲傷地看著我們，而我沒有理會她的視線，站在遠處，提高警覺，同時拿出在冒險者公會要來的紅魔之里周邊地圖。

地圖上也記載著從水之都阿爾坎雷提亞到紅魔之里這段路上的怪物情報。

我從中尋找著符合這名少女的怪物……

找到了。

「安樂少女」，就是這個傢伙的名稱吧。

正當我閱讀這個項目的時候，阿克婭對我說：

「和真，那個女孩用非常受傷的眼神看著和真耶。我好想對她使用治療魔法喔。」

我抓著這麼說的阿克婭的肩膀，繼續看著安樂少女的說明欄。

『安樂少女。這種植物型怪物並不會造成物理性的危害……但是，會對路過的旅人做出激發強烈保護欲的行動，將旅人吸引到自己身邊。她的誘惑非常難以抵抗，一旦動了心，就會被囚禁到死亡為止。有一種說法是，這種怪物具有高度的智慧，但尚未證實。發現這種怪物的冒險者團體，雖然心情會很不好受，但還請將其驅除。』

「喂，和真。她、她一直看著我們，一臉快要哭出來的樣子耶。那真的是怪物嗎？」

達克妮絲難得不知所措地這麼說。

『旅人待在這種怪物身邊時，她就會露出非常放心的笑容，總之就是會讓人難以離開她身邊。要是想離開，她就會哭喪著臉。越是善良的旅人，就越容易遭到這種怪物絆住，請小心。』

「和、和真，那個女孩露出拚命強忍著淚水的笑容，對我們揮手說再見耶。真的不能過去抱抱她嗎？」

我把手從阿克婭身上放開，轉而抓住這麼說的惠惠的後領。

『一旦被絆住之後，這種怪物就會輕輕貼到旅人身邊，難以剷除。然後，照理來說旅人在感到飢餓時就會想要離開現場，但這種怪物最危險的地方，就是會摘下長在自己身上的果實，分給旅人食用。這種果實非常美味，也能夠果腹……然而，其實這種怪物的果實幾乎沒營養成份，無論吃多少都只會讓人逐漸消瘦。旅人看見少女摘下自己的果實交給自己，更會受到良心的苛責，最後甚至不再進食，因營養不良而死亡。』

「唔……！即使是怪物，受傷了也不應該置之不理啊……」

終於按捺不住的達克妮絲，開始走向安樂少女。

既然資料寫著不會造成物理性的危害，我也就放任達克妮絲，繼續看了下去。

『安樂少女的果實當中含有造成神經異常的成分，持續食用將導致傳遞飢餓、睡意、痛覺等身體危險的訊號遭到阻斷。因此，受囚禁者將在少女的陪伴之下，處於半睡半醒的狀態，並昏昏沉沉地衰弱而死。由於年老的冒險者為了尋求安穩的死法而前往這種怪物的棲息地的事例層出不窮，這種怪物才得到了「安樂少女」之名……之後，安樂少女會在死去的旅人身上扎根，以屍體為養分——』

……到此，我決定不再看下去。

不知不覺之中已經甩開我的手的惠惠，和阿克婭一起衝向少女身邊。

大家聽說那是怪物，都沒有隨便出手碰她，然而卻也都是一副心神不寧的樣子。

而面對這樣的三個人，安樂少女像是在說「難道妳們願意陪在我身邊嗎？」似的，以一種帶有些許期待的眼神盯著她們看。

她的眼神似乎激發了三人的保護欲，讓她們的手開始不安分了起來。

「原則上，那好像是不會造成物理性的危害的植物型怪物。只是會利用保護弱小的本能讓旅人停下腳步、讓人餓死之後，在屍體上面扎根。」

聽我這麼說，她們三個似乎放心了不少，走向安樂少女身邊去。

……我說她會讓人停下腳步、讓人餓死耶，妳們有沒有聽清楚啊？

「我馬上幫妳療傷喔！……咦？她沒有受傷耶。這也不是繃帶，只是擬態出來的假象。」

聽阿克婭這麼說，我也靠過去，觀察了一下少女。

安樂少女身上穿著和城鎮當中隨處可見的一般女孩沒什麼兩樣的服裝光著腳、沒穿鞋的她在大家的簇擁之下笑得很開心。

仔細一看，她坐的那塊岩石也是身體的一部分擬態而成。

岩石後方長著類似樹枝的東西，掛著幾顆小巧的果實。

身上的衣服、滲血的繃帶，全都是為了吸引人靠近的擬態。

竟然喬裝成受了傷而走不動的少女，真是太惡質了。

也不知道我正在想這些，三人開始哄安樂少女開心。

惠惠緩緩伸出手，安樂少女便帶著像是在說「我可以握嗎？」的不安表情看著，並一面觀察惠惠的臉色，一面伸出自己的手。

當她緊緊握住惠惠的手之後，便露出滿心歡喜的表情。

……看來，她們三個已經完全被這個表情騙倒了。

我聽說紅魔之里很危險，而這個傢伙在別的意義上來說也是個危險怪物呢。

我回想起怪物情報上寫的注意事項。

『越是善良的旅人，就越容易遭到這種怪物絆住，請小心』這點。

還有**『發現這種怪物的冒險者團體，雖然心情會很不好受，但還請將其驅除』**這句。

我站到安樂少女前面，拔出仿造的日本刀「啾啾丸」。

「等一下，你想幹嘛啊，和真！你該不會是想把這個女孩當成經驗值吧！」

看著這樣的我，阿克婭抱住安樂少女，護著她這麼說。

不，等一下，那個傢伙是怪物耶。

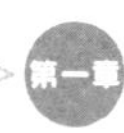

而且還是會奪走人命的那種喔。

「安樂少女這名字我也聽過。不過，你總不會是想傷害這個長得像女孩子的怪物吧？雖然大家對和真的評價都是鬼畜、非人哉，但不管怎麼說你還是很為同伴著想，也有善良的一面。你應該不會這麼做吧……應該……不會吧……？」

惠惠握著安樂少女的手，以哀求的眼神看著我。

簡直就像是撿回幼貓的小孩在哀求父母別送去衛生局一樣。

我……我也不是自己喜歡願意這麼做的好嗎！

感覺還在猶豫的達克妮絲似乎想起了對方是怪物……

「……不，既然和真認為應該驅除，就應該驅除才對。我原本以為這個怪物受傷了，結果衝過來一看根本沒有。這就表示，她是相當狡詐的擬態怪物。要是把她放在這裡不管的話，今後很有可能造成不必要的傷亡。」

說著，她拔出大劍，對著安樂少女擺出架勢。

結果，安樂少女帶著幼兒般不流利的發音，以小到快要聽不見的聲量說：

「……要殺我……嗎……？」

安樂少女像是在抓救命繩般，雙手握住惠惠的手，坐在岩石上仰望達克妮絲，眼中浮現淚光，不住顫抖。

還會說話喔……

達克妮絲帶著和安樂少女一模一樣的表情看著我，手中的大劍不住抖動。

連妳也用那種眼神看我是怎樣。

我推開動也不動的達克妮絲，拿著白晃晃的刀子走上前去。

阿克婭見狀，挺身擋到安樂少女身前，像個在打空氣練習的拳擊手似地對著我揮出刺拳，警戒著我。

……這個傢伙好歹也是女神吧，結果反而是被怪物騙得最嚴重的一個是怎樣。

一臉不安地仰望著握著她的手的惠惠，安樂少女以同樣的表情擔驚受怕地看向我說：

「……要殺我……嗎……？」

看見淚眼汪汪地歪頭看著我的少女，我的內心深處像是被狠狠捅了一刀似的。

三個人，還有一隻怪物，就這樣凝視著我。

振作點，這個怪物會害死人啊。

置之不理的話，說不定會有別人犧牲。我也不是想拿什麼大道理來掩飾，但是在這種情況下，到底是置之不理為惡呢？還是解決掉她為惡呢？

唔嗚嗚嗚、吶啊啊啊啊啊——！

我把刀刺進地面，雙手在頭上亂抓。看著兩難的我，阿克婭說：

和真，人在兩難的時候所做出的決定，
無論選擇了哪一邊
到頭來一定都會後悔。
那麼，不如選擇當下最輕鬆的那邊吧。

這算哪門子建言啊，根本是廢人的邏輯嘛。

不過，請等一下，我還有一個不能放過這隻安樂少女的理由。

就是惠惠的故鄉。

我們接下來要去的地方，有魔王軍的幹部以及其部下等著。

雖然我一點都不想和他們戰鬥，但為了以防萬一，多少還是得提升一點等級。

這隻安樂少女是棲息在這種危險地區的怪物，打倒她應該能得到很多經驗值。

三人凝視著內心糾結的我。

還有一臉不安的安樂少女也是。

我明明就有正當理由。我必須狩獵這隻怪物，否則很可能會有人因她而犧牲。

……啊啊啊啊，可惡，我也無可奈何啊，請原諒我吧！

沒錯，即使長得像人，這傢伙還是怪物、怪物、怪物……！

……正當我糾結個沒完時，安樂少女喃喃地說：

「好痛苦的樣子……對不起……都是因為……我還活在……這個世界上……」

說著，安樂少女露出虛弱的微笑。

「都是因為……我是……怪物……都是因為……我活著……是種困擾……」

她的眼中微微泛出淚水。

「有生以來……第一次像這樣……和人類交談……」

像是在祈禱一般，她在胸前交握起雙手。

「第一次遇見……也是最後一次遇見的……幸好是你……如果……能夠投胎轉世……真希望……下輩子……不要再是怪物了……」

說著，她像是已經頓悟一切似地，閉上了眼睛。

……這樣我哪裡還殺得下去啊。

5

我們放過安樂少女，回到道路上繼續前進。

我管不了那麼多了啦。

也許將來會有人因此遇難，但在我的心目中，人命可沒有重要到讓我願意殺害說出那種話的女孩型怪物。

……那隻安樂少女，一定會繼續誘惑通過那裡的人吧。

放過她之後大家都還依依不捨，阿克婭和惠惠更是一直不願意往前走，擔擱了好久。

啊啊，可惡，無論是放過她還是打倒她之後都會這麼難受，這怪物怎麼如此惡質啊。

不過那個女孩說今天是她第一次和人類交談，既然如此，應該還沒有誰因為她而犧牲吧。

既然如此，放她一馬……

或許也……不是壞事吧…………？

「——不過，看來和真還是保有一點人的良心，真是太好了。我本來還以為你會說要拿她來補充經驗值，先是襲擊她之後，再用點火魔法燒她呢。」

「看來我得和妳好好聊聊，了解一下妳一直以來都把我當成怎樣的人了。妳們早就知道我不會那麼做了吧？」

說著，我看向達克妮絲和惠惠……

「「……」」

她們兩個只是尷尬地移開視線。

我真的好想要能夠真正了解我的善良同伴喔。

……咦？

「喂，等一下，這條路上有安樂少女的話好像不太妙吧？」

說到善良的同伴，我就想起還在我們後面的芸芸。

那個沒有朋友、害怕寂寞，對待別人又比誰都還要貼心的女孩，要是走了這條路……

安樂少女對我們說，我們是第一次和她交談的人類。

這就表示，芸芸果然還在我們之後。

「瞧你的臉色變得像維茲一樣，是怎麼了？肚子痛嗎？那裡有草叢喔。我們會走遠一點的，你去方便一下吧。」

「不是啦！喂，妳們先走吧！我回去找那隻安樂少女，交代她一點事情！」

「咦？等、等一下，和真！」

聽著阿克婭困惑地大喊，我沿著原路衝了回去。

6

我們離開安樂少女那裡還不到五分鐘，用跑的應該馬上就會到了。

這樣或許有點自私，不過我還是要拜託那個少女看看。

請她不要在紅眼睛的少女經過這條路的時候揮手、對她微笑。

我一邊奔跑一邊想。

對了，要是她接受了我的勸說，或許還可以拜託她別再誘惑旅人。

……沒錯，就是這樣！

可以拜託阿爾坎雷提亞的阿克西斯教團人士，請他們定期送點可以當成養分的東西給那隻溫柔的怪物，讓她不需要襲擊人類……！

反正回到鎮上之後，我就會變成有錢人了，幫她出點飯錢也算不了什麼。

我在往回奔跑的同時，對於這樣的想法感到滿足……！

——然後，就在剛才的那個地方，看見安樂少女在對某個人說話。

我立刻使用潛伏技能，並且以千里眼技能偷偷觀察狀況。

正在和安樂少女說話的，是一位樵夫小哥。

是住在阿爾坎雷提亞的樵夫嗎？

樵夫拿著斧頭，走向安樂少女。

難不成，他是想驅除那個女孩嗎……？

我持續使用潛伏技能的狀態，壓低身體接近他們，然後豎起耳朵打探狀況。

於是，我聽見一個男人的聲音。

「啊啊……可惡！怎麼會這樣……抱歉、抱歉！原諒我吧！要是發現妳就得驅除，這是樵夫之間的規定啊……」

是樵夫的聲音，聽起來都快要哭了。

他果然想殺那個女孩嗎！

我連忙解除潛伏技能……！

「都是因為……我是……怪物……都是因為……我活著……是種困擾……」

但是在那之前，安樂少女在我面前……

「有生以來……第一次像這樣……和人類交談……」

對樵夫說了和剛才完全相同的台詞……

「第一次遇見……也是最後一次遇見的……幸好是你……如果……能夠投胎轉世……真希望……下輩子……不要再是怪物了……」

一字一句，毫無二致。

「啊……啊啊……我辦不到。我辦不到啊，混帳——！」

樵夫如此吶喊，背對著她跑掉了。

我一臉茫然，也沒有解除潛伏技能，就這樣默默站在樹影之中。

……奇怪了？

她剛才不是說，我才是第一次和她交談的人類嗎？

「唉——又失敗了。剛才那個樵夫的體格很好，應該有很不錯的養分才對……」

……樵夫離開之後，安樂少女以流暢的詞句自言自語了起來。

我聽著安樂少女這麼說，繞到她背後去，解除了潛伏技能。

但是，安樂少女還沒發現背後的我……

「呼啊啊……可惡，都沒有肥料來……乾脆來行光合作用好了，雖然天氣陰陰的……啊——好麻煩啊。」

她如此碎唸著，像是要讓陽光照到全身般，「嗯——」的一聲，將身體完全伸展開來……

然後，呈現後仰姿勢的她，和站在她正後方的我四目對望。

「「…………………」」

我們默默地彼此對看了一陣子，終於，安樂少女喃喃地說：

「你能不能假裝……沒有看到……剛才的狀況……？」

「剛才不是還說得很流利嗎，妳這個白痴——！」

——我回頭追趕阿克婭她們，發現三人就在剛才的地方休息，大概是在等我。

看著跑到她們身邊的我的表情，阿克婭笑著說：

「瞧你一臉神清氣爽的！怎麼了？你和那個女孩怎樣了嗎？話說回來，你到底是有什麼事情要回頭找她啊？」

我與高采烈地對著這麼說的阿克婭拿出冒險者卡片道：

「妳看！我一下就提升了三級！這樣抵達惠惠的故鄉之後多少也能夠派上用場了吧！」

聽我這麼說，三人瞬間凍結。

然後……

「哇……哇啊啊啊啊啊──！和真不是人！邪魔歪道！和你這個惡魔相比，連巴尼爾看起來都可愛多了！」

「啊……啊啊……啊啊啊啊……都是我害的……都怪我剛才對和真炫耀自己升了好幾等，藉此捉弄他……！所以他才會受到刺激，甚至對那麼可憐的女孩下毒手……！都都、都怪我太得意忘形，做出那種舉動……！」

不，妳們等一下。

……正當我打算對不住哭喊的兩人辯解時，我發現達克妮絲只是默默站在一旁。

就在我對著這樣的達克妮絲歪頭表達不解時……

「你一定很難受吧？你只是……盡了冒險者應盡的義務。抱歉，我不應該把這種不討好的工作推給你一個人……」

她只是一臉難受又嚴肅地對我這麼說……

——為了向她們三個說明清楚，我花了一個小時。

第二章 和喧鬧的獸耳少女們共組後宮！

1

夜幕已經低垂，為了睡得舒服一點，我們清除了道路旁地面上的大石頭，並且鋪上一塊墊布。

那塊墊布的尺寸和野餐墊差不多大，使用方式也完全當作野餐墊就是了。

這附近的怪物很強。

要是火光引來怪物的話就麻煩了，所以我們決定在黑暗之中挨身在一起睡覺。

我打開向巴尼爾買來的驅趕不死怪物的魔道具，然後把所有人的行李擺在攤開的墊布的中央當成靠背，大家則都湊在一起。

由於今天是陰天，就連星光也看不見。

因為有千里眼技能的夜視能力，還有感應敵人技能，即使在黑暗之中，我也能夠察覺到敵人。

所以，我必須隨時保持清醒，負責在晚上看守。

但要我一個人對付敵人恐怕會有困難，因此除了我以外的三個人也得輪班休息。

輪第一班守夜的是我和惠惠。

「……和真，你真的不用睡覺嗎？的確以技能的特性來說，你如果醒著是最有幫助的一個沒錯啦……」

達克妮絲在黑暗中這麼說。

「不要在意啦。我這個人的特性就是很能熬夜。我還在原本的國家時，熬夜根本是家常便飯。」

聽了我這番話，惠惠說：

「這麼說來，和真和阿克婭原本是住在哪裡啊？來說說你的故鄉是個怎樣的地方吧，還真是滿想聽聽看的。從和真開發的那些商品看來，似乎是個有很多方便的魔道具的國家呢。我有點好奇和真在那裡究竟過的是怎麼樣的生活呢？而且很能熬夜的特性，到底要過怎樣的生活才能得到啊……」

聽惠惠這麼說，達克妮絲大概是也產生了興趣，她讓我覺得旁邊好像一直有一道視線正朝我們這邊窺視著。

過著怎樣的生活啊……

在寧靜的黑暗之中，我回想起自己在和平的日本的每一天。

像這樣在黑暗中的對話，很像是校外教學旅行過夜時的感覺，因而變得有點感傷的我，緩緩開了口：

「這個嘛……我在原本的國家可是大大呢。」

「「……？大大？」」

惠惠和達克妮絲同時重複說了一次。

這個世界的人果然聽不懂大大是什麼意思啊。

「真要說的話，就是排名在前面的強者吧。同伴都稱呼我為**『只靠稀寶運的和真先生』**、**『任何時候登入都一定會在的和真先生』**之類……總之，大家幫我取了很多外號，很依賴我。我經常和戰友一起攻打要塞，又或是狩獵大型頭目，那個時候好開心啊……熬夜這種事情是理所當然。我經常忘記吃飯，每天只睡兩個小時左右，然後又立刻回去狩獵怪物……」

我這麼說完，身邊傳出驚嘆之聲：

「好、好厲害……又是攻打要塞、又是狩獵頭目的……！原來如此，和真平常之所以那麼會臨機應變，都是源自那些經驗……！好、好厲害啊……！」

達克妮絲興奮地這麼說，感覺好像很尊敬我。

「從和真平常的表現看來，剛才你說的相當令人難以置信……可是，不知道為什麼，我完全沒有感覺到任何一點你在說謊的氣息。我從現在的和真身上感覺到的，是確實的自信和懷念過去的心情……」

就連惠惠也對我這麼說。

這時，位在我正後方的阿克婭開口道：

「……和真，你在說的是線上遊戲裡面的事情吧，我可以直接吐嘈嗎？」

「妳願意閉嘴的話我會非常感激。」

2

達克妮絲說要是發生什麼事就立刻叫醒她，就算粗暴一點也沒關係，於是我承諾會用一次就會醒的犀利方式叫醒她之後，就和惠惠一起守夜。

「……你說要用很犀利的方式叫醒她，到底是怎樣的方式？我醜話說在前頭，你可不能跨越同伴之間應有的界線喔！關於這點你沒問題吧？」

「男人這種生物一旦聽見有不能跨越的牆就更是想要跨越……沒錯，就和人生旅途中碰上的高牆及高山一樣，越是困難就越是讓人想跨越，兩者是同樣的道理。」

「並不是，並不一樣好嗎！不要把這種事情和那種積極進取的態度混為一談！我開始覺得在和真身邊守夜是一件危險的事情了耶！」

惠惠亢奮的這麼說著，讓阿克婭呻吟了兩聲，翻了個身。

「「…………」」

心想不能吵醒其他兩個人，我們不禁陷入沉默。

終於，又響起平穩的呼吸聲。

我們聽了，才放心喘了口氣。

「這麼說來……」

然後，惠惠輕聲說：

「這麼說來，剛才在她們睡著之前……和真說自己是從其他國家來的吧？所以啊……我想問，和真會不會回到自己的國家啊？」

她有點戰戰兢兢地這麼問。

「應該說，我想回去也回不去啊。不過，我回去自己的國家，也只是回到原本悠閒的生活罷了。最近我開始覺得現在的生活也不錯。從紅魔之里回到鎮上之後，我還可以從巴尼爾那裡拿到三億艾莉絲的鉅款。這樣一來，我就瞬間變成大富翁了。到時候，大家就可以一起

成天嬉鬧，過著悠閒的生活。」

在這個世界當尼特和在日本當尼特都沒有多大的差別。

頂多就是會不會麻煩到爸媽而已。

以及日本有電玩和電腦，卻沒有夢魔的「服務」。在我的認知當中，就只有這種程度上的差異而已。

打倒魔王，然後回到日本。

最近，我總覺得這是不可能的任務。

再說了，雖然也是有至少想再見到爸爸媽媽一面的想法，可是我在日本畢竟已經是個死人了啊……

阿克婭好像是說打倒魔王之後，無論怎樣的願望都可以讓我實現，不過這部分有辦法調整到我滿意嗎？

——聽我這麼說，惠惠放心地鬆了口氣。

「這樣啊……我也很喜歡現在的生活，所以也想維持現狀。雖然一天到晚遇上危機，卻也能夠和大家一起設法度過難關。我很滿意現在這樣開心的生活。」

一天到晚遇上危機的生活到底哪裡開心了？

正當我想這麼說的時候——

「真希望可以永遠像這樣，和大家在一起。」

靠在我身邊的惠惠呼了一口氣，在黑暗中緊緊握住我的手。

惠惠的手有點冰涼。

感受著那種觸感，我……

——不知為何，非常緊張。

討厭啦，這是怎樣，太酸酸甜甜了吧！

怎麼辦，這孩子是怎樣？

沒頭沒腦的，為什麼惠惠會突然握住我的手啊？

芸芸也說想跟我生小孩，難道我的桃花期真的來臨了嗎？

過去的酸酸甜甜的記憶，像走馬燈一樣浮現在我的腦海中。

我的初戀對象，是小學的時候對我說過「長大之後我們要結婚喔」的青梅竹馬。

國中三年級的夏天，我看見那個女孩坐在不良少年學長的機車後座，心情變得鬱悶不已，之後就不太去上學，沉迷在線上遊戲之中。

後來，我不惜犧牲睡眠，不斷努力，成天投身於打倒怪物。曾幾何時，我已經成為大部分的人都知道的大大了……

但之前那個將人生當中最重要的時期浪費在自我鍛鍊上，錯過了青春期的校園生活的我，現在卻像這樣，和一個坐在近到肩膀會互相碰觸的距離的美少女，握著彼此的手。

這是怎樣，太不妙了吧，在這種狀況下到底該如何是好？

她在引誘我嗎？

我是不是該說點什麼瀟灑的台詞？

過去，我對惠惠一點感覺都沒有，當然，現在對於這個小蘿莉也完全沒有任何一點戀愛的感覺。

不過，難道她不知道，對女人毫無免疫力的處男，突然被異性這樣對待時，會輕而易舉地被吸引嗎！

正當我下定決心，準備說出瀟灑的台詞時……

我發現了一件事。

「……呼嚕…………」

惠惠完全沒有察覺到我的緊張和糾結，已經沉沉睡去。

…………這個臭小鬼！

3

「……真是的，都怪和真和惠惠昨天晚上那麼吵，害我完全沒睡好。」

「弄得那麼吵是我不對，但那都要怪這個小蘿莉守夜守到一半就睡著。而且到了輪班時間卻怎麼叫也叫不醒的人沒資格抗議吧，結果還是達克妮絲連妳的班都幫忙守了。」

「不，我只是聽守夜守到一半不小心睡著的惠惠說，和真用非常犀利的方式叫醒了她，所以我一直在想要是自己也守到一半就睡著了怎麼辦，結果反而緊張到睡不著罷了……」

「嗚嗚……和、和真超過分……」

儘管昨天晚上多少有些爭吵，我們最後還是安然迎接了早晨。

隨便吃過早餐之後，一面這樣鬥嘴，一面毫無緊張感地走在路上，然而……

「這下傷腦筋了……」

我佇立在道路中央如此喃喃自語。

因為出現在眼前的，是一大片遼闊的平原。

走在這種毫無遮蔽物的地方，無法使用潛伏技能。

如此一來最可靠的就是惠惠了，但是在這種視野良好的地方用了魔法之後，要是其他怪物聽見騷動聚集而至的話，我們就無計可施了。

但是，要去紅魔之里也只能走這裡……

即使想靠感應敵人技能來搜索，在視線如此良好的地方，等到技能有反應的時候，敵人可能已經先發現我們了……

沒辦法了，這種時候就該用千里眼技能。

不靠感應敵人技能，而是搶在怪物之前，先靠我的肉眼找到牠們。

「喂，我一個人先走，妳們做好隨時可以逃跑的準備。阿克婭，麻煩妳對我施展增加速度的支援魔法，以免我在緊要關頭被敵人追上。」

萬一被怪物發現，我也有之前學會的「逃走」技能可以用，再加上支援魔法，應該能在充當誘餌吸引敵人，將怪物從她們附近帶開之後，再找個能躲的地方潛伏，直到敵人離開。

我卸下護胸、腕甲、護腿，將這些全都交給阿克婭。

為了以防萬一，身上的東西越少越好。

我把手上的行李都交給阿克婭，為了方便奔跑，連武器類也只留了匕首一把。

「你根本就只想著逃跑嘛，這樣反而乾脆多了。」

聽阿克婭這麼說，我回應道：

「面對這一帶的怪物，我根本就無法正面迎戰。看了一下怪物情報，全都是看起來就很危險的名字。敵人也不見得只會有一隻，我決定以極力避免戰鬥、四處逃竄的方針行動。」

怪物情報當中全是一擊熊、鷲獅、火龍獸等等光看名字就覺得很強的怪物名稱。

不，只有一個例外。

那是非常主流的怪物，而且在電玩和漫畫當中，是被分類為下級小怪的傢伙……

我一邊想著萬一碰上敵人的話，是那個傢伙就好了，並走到大家前面去。

「那麼，妳們跟在我後面越遠越好。保持在看得到我的距離就可以了。要是有什麼危險，我會用手勢通知妳們。到時候，妳們就立刻逃跑。」

「我知道了，包在我身上。」

「妳才看不懂手勢呢，只有這件事我非常肯定。達克妮絲、惠惠，拜託妳們了喔。」

聽我這麼說，達克妮絲和惠惠點了點頭。

在一望無際的寬廣平原上延伸而去的道路。一身輕便的我，獨自走在上頭。

我神經質地左右觀望四周，確認附近有沒有怪物的身影。

謹慎地在平原地帶前進的我，不時轉頭看向後方，確認她們三個有沒有跟上。

到目前為止情況非常順利。

怪物當中特別需要注意的，就是會飛的傢伙。

以記載在怪物情報當中的怪物而言，就屬鷲獅了吧。不過就目前來說，我仰望天空的時候都沒看見有鷲獅在盤旋。

我們已經數度從遠方發現敵人，並且躲避，藉此成功避開好幾隻大型怪物了。

很順利。

只要繼續保持現狀，穿越平原地帶之後，再和大家會合就可以了。

就在這時，我看見一道人影獨自佇立在平原中央，而那人影似乎還沒察覺到我的存在。

但是，照理來說，根本不可能有人類獨自佇立在這種地方。

沒錯，那恐怕是怪物。

儘管距離尚遠，我已經猜得到那隻怪物是何方神聖了。

在棲息於此的眾多危險怪物當中，唯一一個特別突兀的名稱——「半獸人」。

那是長著豬頭，以雙腳站立的怪物。繁殖能力很強，一年到頭都是發情期。

幾乎能夠和所有人形生物交配，聽說被這些傢伙逮到的話，下場會非常悽慘。

甚至有人說，要是可能會被這種怪物抓到，不如立刻自盡比較好。

在電玩當中是和狗頭人、哥布林等等並稱的主流小怪。

不知為何，這種怪物的名稱居然出現在這個地方的怪物情報當中。

和我剛才避開的那些大型怪物相比，牠好像不值得我特地繞路。

雖然我手上只有匕首，不過乍看之下，對方手上似乎也沒有武器。

我有能夠吸收目標的生命力的「Drain Touch」可以用，更何況敵人只有一隻。

只要靠近過去，拿匕首捅一下，應該就能解決掉了才對。

我如此判斷，並朝著遠方的那個人影走去。

而且我並沒有特別掩飾行蹤，大大方方地走著。

況且在這個遼闊的平原上也沒有地方可以躲。

來到相當接近人影的地方時，對方似乎也發現我了，並朝我走過來。

自然而然的，我握住匕首的手多使了幾分力。

「……和……真……！和……………！」

遙遠的後方傳來這樣的聲音。

我心想不知道怎麼了，轉過頭去，發現是阿克婭她們在對我呼喊。

仔細一看，遠方的阿克婭和惠惠似乎在打某種手勢。

我看了好一陣子，才搞懂她們想說什麼。

「快逃」——她們的手勢是這個意思。

不，對方不過是區區的半獸人耶。我心裡這麼想，再次轉向前方。

那傢伙已經接近到不遠的地方，目不轉睛地注視著我。

看了她們兩個的態度和手勢，讓我覺得有點不安，決定謹慎為上。

為了有備無患，我輕聲詠唱了魔法。

「『Create Earth』。」

我偷偷製造了攻擊眼睛用的乾土，握在左手裡，做好偷襲的準備。

我往後瞄了一眼，只見她們兩個看我準備迎戰半獸人，顯得驚慌失措、手忙腳亂。

她們一次又一次對我打出「快逃」的手勢，看起來相當拚命。

可是，不如說妳們這些女生才應該快點逃吧。

半獸人的目標，明明就是妳們女生才對，我真想這麼說。

不過，只要我在這裡打倒那隻半獸人，就不需要逃跑了。

我再次看向前方，對方已經接近到可以看清楚彼此的臉的位置了。

半獸人的外型，比我想像中的還接近人類。

雖然長著豬鼻子和豬耳朵，臉部的輪廓卻相當接近人類。

身上的衣服也是人模人樣，大概是從旅人身上搶來的吧。

然後，最大的特色是長著頭髮。

頂著一頭亂髮，膚色呈現綠色的半獸人，乍看之下還真的非常像人類。

「午安！你好啊，帥哥。要不要和我做點開心的事情啊？」

這傢伙似乎是母的，她以尖細的嗓音流暢地這麼說。

……怎麼會這樣，這還真是出乎我的預料。

也對，半獸人也應該是有母的啊。

哎，畢竟聽說半獸人的繁殖能力旺盛，還能夠和其他種族交配。

雖說乍看之下很接近人類，但這只是建立在對怪物來說的前提之下……

對於這隻提出邀約的半獸人有點抱歉，但我的好球帶可沒有寬到能把她當女性看待。

我理所當然的……

「請恕我拒絕。」

儘管是有生以來第一次受到女性邀約，我還是斷然拒絕了。

聽我這麼說，半獸人依然面不改色道：

「這樣啊，真可惜。我比較希望是你情我願呢。」

說著，她咧嘴一笑，牙齒都露出來了。

一頭亂髮配上一口黃板牙，體型整體說來也很圓潤。

這樣的對象即使沒有豬鼻子和豬耳朵，我還是會斷然拒絕。

話說回來，什麼你情我願，這個傢伙是在說什麼啊？

「看妳好像還能溝通，我姑且拜託妳一下，能不能讓我通過這裡？妳願意放我走的話，我可以分點食物給妳，當成謝禮……如何？」

拿食物當成條件的話，她或許願意放過我……這是我小小的期待。

咦？不過我們的肉乾是什麼的肉啊？應該不是豬肉吧？

如果是豬肉，就等於是害他們自相殘殺了呢。

正當我想著這些事情的時候，那隻半獸人擦了擦嘴角流下來的口水。

看來食物果然相當管用。

……只是，我的這個想法，立刻因為她的下一句話而破滅。

「我才不管食物呢。這裡是我們半獸人的地盤，我們不會放過任何經過這裡的雄性……

真是太奇妙了，帥哥。乍看之下你一點也不強，但不知為何我可以感受到強烈的生存本能。我的直覺非常準喔。和你生下的小孩，想必很強吧……好了，和我一起做開心的事情吧。」

呃…………看來這傢伙並不是在開玩笑。

傷透腦筋的我轉過頭，看向遠在後方的那些傢伙。

其中兩個人依然打著「快逃」的手勢。

只有達克妮絲一臉搞不清楚狀況的樣子，煩惱著該不該過來我這邊參戰。

看著我這樣的行動，半獸人似乎也察覺到她們幾個人了。

「哎呀，那邊還有人……搞什麼，看來全都是母的嘛。我可以放過她們。至於你的話，我想想……三天。來我們的聚落待個三天吧？呵呵呵，你可以享受到後宮之樂喔。我們可以讓你體會什麼是人世間的天堂。不過，被我們逮到的男人們都去了真正的天堂就是了啊！」

看著一邊這麼說，一邊揚起嘴角的半獸人，我本能地感到恐懼，並詠唱了魔法：

「『Wind Breath』！」

「！」

我將偷偷握在手中的乾土以風之魔法吹向半獸人。

中了我突如其來的摧眼攻擊，半獸人一面呻吟，一面蹲了下去。

我迅速衝了過去，不是以匕首攻擊，而是徒手抓住了半獸人！

5

我以「Drain Touch」將半獸人的生命力吸收到勉強不會死的程度，便將她留在原地不管，沒有給予最後一擊。

正好我一夜沒睡，能吸到生命力也不錯。

那個傢伙剛才好像提到什麼聚落。

要是解決她的話，其他的半獸人同伴搞不好會來尋仇，太麻煩了。

我如此判斷，所以才沒有給她最後一擊，置之不理……

半獸人倒下之後，我走著走著，感覺到後方有一股氣息。

我轉過頭去，發現是急忙追上我的阿克婭她們。

「……怎麼了？靠到這麼近的地方來，我打頭陣就沒有意義啦。妳們離遠一點啦。」

聽我這麼說……

「你在說什麼啊，和真！和真打倒半獸人了耶！這個平原是半獸人的地盤，這也就代表在穿越這個平原之前，她們都會一直追著和真不放喔！」

惠惠語帶責怪地這如此表示……

不不不……

「他們衝著我來的話也是好事吧？妳以為我是為了什麼卸下其他裝備的？不就是為了當誘餌吸引敵人注意嗎？而且我可不想看到妳們被半獸人逮住，遭逢不幸啊。」

性慾旺盛的半獸人。

要是那種怪物逮到她們幾個，對她們這樣那樣的話會變得怎樣，我一點也不敢想像。

正當我想著這些事情的時候，阿克婭說：

「對喔，和真是個沒有這個世界的常識的笨蛋。真拿你沒辦法，只好由我來大發慈悲地告訴你……好痛啊好痛！」

捏住一副跩樣的阿克婭的臉頰，我追問惠惠是怎麼回事。

「……和真，你聽清楚了。目前，這個世界上，沒有公的半獸人。」

「咦咦！」

聽惠惠這麼說，不知為何，達克妮絲發出哀傷的尖叫。

「公的半獸人老早以前就絕種了。現在即使偶爾生下的雄性也會被雌性們玩弄，在成年前就會被榨乾而死。因此，現存的半獸人都是混血再混血，兼備各種族優秀基因的怪物，已經不能當成半獸人來看待了。現在說到半獸人，就是會抓住闖進牠們地盤的不同種族的雄性

並帶回聚落，再盡凌辱之能事的怪物，可說是男性的天敵……而且，和……和真又……」

惠惠如此說明到最後，聲音變得越來越小，一副難以啟齒的樣子。

「等等！半獸人是女騎士的天敵吧！性慾超強，看見女人就立刻硬上的公半獸人……」

「已經不存在了……而且和真又打倒了母的半獸人。她們非常想要擁有優秀基因的強大雄性。和真打倒了她們的同伴，她們又怎麼可能乖乖放過你呢……你看，就像那樣。」

就在大受打擊的達克妮絲消沉不已時，惠惠往某個方向指了過去。

只見剛才被我吸走生命力而無法動彈的半獸人就站在前端，後頭跟著一整排母半獸人。

惠惠剛才說她們兼備各種族的優秀基因，難道那隻半獸人就是因此才能在這麼短的時間內，恢復了失去的生命力嗎？

其中也不乏長了貓耳、狗耳的半獸人，看得出她們真的和很多種族交配過。

看著那些獸耳半獸人們，我回想起「但只限於美少女」這個樣板但書。

剛才被我吸到昏迷的那隻半獸人說：

「你真的是個很棒的男人呢，居然能把我弄到失神！我絕對不會放過你……害人家都喜歡上你了啦，你要怎麼負責？我絕對要生下你的小孩！」

在做出這種令我寒毛倒豎的作人宣言的同時，半獸人帶著猛烈的鼻息往我衝了過來！

「啥？等等……！嗚啊啊啊啊啊啊啊啊啊啊啊啊！」

為什麼我會遭遇到這種不幸呢？
莫非是因為我太不尊敬真正的女神，
遭到天譴了嗎？
因為阿克婭很寶貝的那個奇形怪狀的石頭，
被我當成垃圾丟掉了嗎？
神啊，我要辯解，那傢伙有個壞毛病，
只要看見任何罕見的東西就會立刻撿回家。
因為我把她的羽衣神器和我的內褲一起洗？
神啊，我要辯解，只要和那個傢伙的神器一起洗，
就可以靠淨化作用輕鬆洗淨髒汙。
我由衷反省。
啊啊……所以，神啊……！
「第一個要生男孩！
要生六十隻公的四十隻母的！
而且我們要住海邊的白屋，
每天都要相親相愛！」

「神啊！我誠心道歉就是了，
還請您原諒我吧！」

饒了我吧！不行，現在不是我硬殺她們就是她們硬上我了！

我毫不猶豫地將匕首向前刺出，但吸收了各種優良基因的那隻半獸人輕而易舉就躲過我的刺擊……！

「好——！馬上就結束了。馬上就結束了，你閉上眼睛，乖乖的喔……！」

她隨後輕鬆打掉我的匕首，將我推倒在地面上。

我要笨了。

我怎麼會那麼小看在這種危險地帶存活下來的半獸人的力量啊！

「救命啊！惠惠，用平常那招！一舉殲滅這些傢伙吧！」

「對這麼近的目標使用爆裂魔法，連我們也會被捲入其中！達克妮絲，妳要意志消沉到什麼時候啊，快點想辦法救救和真……！」

被半獸人壓住的我拚命大喊！

「先聊天吧！我們先聊天吧！」

「要聊腥羶色話題我很樂意喔！來吧，有話快說啊？把你過去的各種不能告訴人的性癖都說出來吧！呼——呼——呼——呼——！」

半獸人一面粗喘著氣，一面將我的上衣朝左右兩側撕開！

用「Drain Touch」！

用「Drain Touch」吸取她的體力，瓦解她的力量！

被泰山壓頂的我從下方伸出手，但她輕易閃過我的手，甚至抓住了我的手腕。

而且不僅如此，我的手心還被牠舔了一下。

拜託，真的，拜託饒了我吧——！

感覺著全身上下的毛孔都起了雞皮疙瘩，我以近乎慘叫的聲音哀求……！

「住、住手——！名字！對了，我連妳的年齡和名字都還不知道！這說不定會是我的初體驗！首先應該從自我介紹開始啊啊啊——！在下名叫佐藤和真！」

「活跳跳的十六歲，半獸人史瓦蒂娜絲！好了，接著請你的下半身也做個自我介紹吧！快介紹你自豪的小弟弟吧！」

「我的小弟弟很害羞啊！今天我們知道彼此的名字就夠了，散會吧——！阿克婭——！阿克婭——！救命啊——！」

「和、和真先生——！」

就在我像個少女一樣尖叫，阿克婭也跟著大喊的時候……

「『Bottomless Swamp』！」

在那道熟悉的聲音響徹周遭的同時，附近也傳出慘叫。

依然被壓在地上的我，只轉過頭往聲音傳來的方向一看，只見半獸人們在一大塘泥沼裡面掙扎的模樣。

而且，在牠們身後的是……！

「芸芸！這不是芸芸嗎！嗚、嗚哇啊啊啊啊啊！」

看見那位紅魔族少女，我不禁安心地哭喊。

「唔！」

我聽見壓在我身上的半獸人倒抽一口氣的聲音。

看來她是因為自己的同伴在突然出現的沼澤裡載浮載沉而陷入了混亂。

半獸人一面警戒芸芸，一面從我身上站了起來。

而我一面哭一面爬著從她身邊離開，爬到芸芸身邊。

「芸芸！芸芸！太感謝妳了——————！」

我直接一把抱住芸芸。

「呀……！等、等一下，和真先生！沒、沒事了，已經沒事了，你別哭了……而、而且……我的寶貝長袍……會沾滿你的……鼻涕眼淚……啦……」

芸芸一副很困擾的樣子，吞吞吐吐地不知道在說什麼，而原本想侵犯我的半獸人一直看著這樣的芸芸，然後瞄了在沼澤裡掙扎的同伴們一眼。

看來她是想救出自己的同伴，但是面對芸芸又不敢輕舉妄動。

阿克婭站到趴在地上的我身旁說道：

「和真，幸好你沒事！你……你怎麼了，和真？怎樣？」

阿克婭對我這麼說，而我一邊哭一邊抱住她的腳。

就連和魔王軍的幹部戰鬥的時候，我都沒有這麼害怕過。

「好乖好乖，你剛才一定很害怕吧，和真。不過沒事了喔，已經沒事了。我們大家都會保護你喔。」

阿克婭一邊這麼說，一邊摸了摸我的頭，讓我不由得有點安心，害我覺得這樣的自己很窩囊。

瞄了警戒著我們的半獸人一眼，芸芸儘管有點害臊，還是帥氣地揮了一下披風，將魔杖往前一指，擺出架式如此宣言：

「**吾乃芸芸，身為大法師，擅使上級魔法。身為紅魔族當中排名前五之魔法高手，乃終將成為紅魔族長之人……！**在紅魔之里附近建立聚落的半獸人們。這次我就放過妳們，當作是敦親睦鄰。好了，帶著妳的同伴們離開吧！」

聽芸芸這麼說，那個半獸人撕開自己的上衣，並將那布料當成繩索，朝向載浮載沉的同伴們拋了過去。

「和真先生，趁現在，我們走吧。」

6

穿越半獸人當作地盤的平原之後，我們走進森林裡，在這裡稍事休息。

「只要有芸芸在，就不怕怪物了。什麼嘛，接下來的路程簡直太輕鬆了。」

阿克婭又說出這種很有可能成為旗標的台詞。

但是，我很能理解她為什麼這麼說。

有會用上級魔法的芸芸在，確實是相當可靠。

……話說回來，我從剛才開始就一直沒有離開過阿克婭身邊。

我和阿克婭的交情最久，待在她身邊讓我莫名安心。

而阿克婭儘管對於這樣的我感到困惑，卻難得沒有說出任何怨言，一直陪在我身旁，更讓我覺得感激。

我真的覺得相當感激。

看來，剛才的經驗在我心中留下相當嚴重的心靈創傷。

換掉被撕破的衣服，穿上阿克婭幫我保管的裝備之後，我就再次朝著對我伸出援手的救世主說道：

「芸芸，讓我再次向妳道謝。真的非常感謝妳。如果要問我有多感謝妳的話……這麼說好了，要是在今後的人生當中我被問到『你尊敬的人是誰？』我就會立刻回答是芸芸，就是這麼感激。」

「別、別這樣啦，聽起來像是在故意揶揄我似的！」

我緊緊握著阿克婭的羽衣的一角，如此表達感謝，讓芸芸一臉害臊又有些困擾。

「話說回來，各位為什麼會出現在這種地方呢？惠惠也是，妳果然還是很擔心故鄉的大家吧？」

芸芸對著惠惠這麼問。

「是、是啊，我妹妹啦！我很擔心我妹妹啊，畢竟妳也是知道的，她是個很愛胡搞瞎搞的孩子嘛。」

「對、對啊，那個孩子明明不會用魔法卻很好戰呢。」

聽惠惠這麼說，芸芸也接受了，不過……

「……怎、怎樣啦，你們幹嘛那樣竊笑！」

除了芸芸以外的三個人都帶著竊笑看向惠惠，害她尷尬地別過頭去。

雙手捧著裝了咖啡的馬克杯。

我緩緩喝著杯中的液體，感覺自己因為剛才被半獸人追趕而傷痕累累的心，一點一點得到療癒。

裹著自己的披風，我看著大家，心有戚戚焉地說：

「……妳們各個都是美人胚子呢。」

在道路旁的森林當中，我的發言讓大家都僵住了。

「到、到底是怎麼了？奇怪的和真，平常的言行舉止就很奇怪的和真，今天更是特別奇怪了！」

「冷、冷靜點！這個傢伙肯定有什麼企圖。和真最喜歡把人捧得高高的再摔下去了。要是老實感到高興的話肯定會中什麼陷阱！」

阿克婭和達克妮絲說了這種失禮的話。

依然不肯正眼看我們的惠惠一副欲言又止的樣子，不住偷瞄我，像是想問「你到底有什麼企圖」一樣。

而芸芸則是紅著臉，不知該如何是好。

順利逃離半獸人，並深深感到安心的我，看著她們四個再次讚嘆：

「妳們真的全都美極了。」

「到底是怎麼了！吶，到底是怎麼了！和真好奇怪喔，到底是怎麼了！」

「冷靜一點，阿克婭！總之先對和真施展恢復魔法再說！」

「…………………——！」

兩人手忙腳亂、喋喋不休，而惠惠則是保持警戒。

然後，我望著紅著臉、低下頭的芸芸，細細品味著逃離半獸人們的喜悅。

7

「——惠惠從還在學校上課的時候開始，無論是魔法學還是魔力的量，一直都是維持著頂尖的成績……村裡的人們也都口口聲聲稱她為天才，並非常期待她的成長和表現……這樣的惠惠，竟然成了只會用爆裂魔法的瑕疵魔法師。一想到要是被村裡的人們知道這件事之後會變得怎樣，我就……」

「喂，我就算姑且先讓妳叫成是瑕疵魔法師好了，但只論魔法威力的話，我肯定是紅魔

族第一，此話絕無虛假。我這一生幾乎全獻給了爆裂魔法，不准妳說爆裂魔法的壞話。」

休息夠了之後，我們走在通往紅魔之里的路上。

「爆裂魔法可以在哪裡派上用場啊！在地城裡面因為威力太強，有導致崩塌之虞所以不能用！雖然是射程最遠的魔法，但要是被敵人逼近的話又會因為威力過強，可能波及自己和同伴，所以不能用！就連高等級魔法師在發過一次之後都不可能再用第二次，魔力消耗率極為不經濟！唯一的優點就是威力，但怎麼想都是過度屠殺！爆裂魔法明明就是誰也不會學，只會白費大量技能點數的搞笑魔法！」

從剛才開始，芸芸就一直在找惠惠的麻煩。

聽說，紅魔之里的人們好像不知道惠惠只會用爆裂魔法。

所以芸芸一直叮嚀我們，要我們千萬別說溜嘴……

這時，惠惠正面看向芸芸說道：

「……芸芸，妳竟敢這麼說。妳剛才說的是不應該說的話。那可是比瞧不起我的名字還要嚴重，是最不應該說的話！」

「怎、怎樣啦，想動手嗎？如果妳是想分個高下的話，我隨時奉陪啊，我已經不會再輸給惠惠了！」

芸芸保持警戒，拉開與惠惠之間的距離。

惠惠看了這樣的芸芸一眼，然後……！

「和真，我告訴你芸芸的丟臉祕密。其實，我們紅魔族在剛出生的時候，就會在身上的某個部位刺青。每個人刺的地方都不一樣，而芸芸身上的刺青，竟然位於……」

「閉嘴，妳想對和真先生說什麼啊！而且妳怎麼會知道我的刺青的位置！在這種地方應該沒辦法用爆裂魔法吧？我要壓制住不能用魔法的惠惠簡直是易如反掌！」

哭喪著臉的芸芸攻向惠惠，但惠惠輕身閃過。

「阿克婭，來點支援魔法吧！我要讓這個傢伙嘗點苦頭！」

「卑、卑鄙小人！惠惠還是這麼狡猾！從以前就一直這麼狡猾！」

就在這個時候……

或許是被兩個人大聲吵架的聲音吸引過來的吧。

「——喂，在這邊！果然有人類的聲音從這邊傳出來！」

一道刺耳的尖細聲音，從森林深處傳了出來！

「喂，妳們兩個，我們好像被敵人發現了！差不多該安靜下來了吧！」

達克妮絲彎下身子，如此嚴厲斥責她們兩個。

「誰教芸芸那麼愛生氣，一直大聲嚷嚷！」

「惠惠才是比我還愛生氣吧！妳從以前就是這樣不顧前不顧後，老是做些魯莽的事情！就連點仔都知道，牠從剛才開始就不敢從帽子裡面出來！」

「妳說什麼！」

「妳們兩個給我安靜一點！就叫妳們別再大聲嚷嚷了，會被發現啦！喂，和真，你也罵罵她們啊！」

壓著依然在吵架的惠惠和芸芸的頭，達克妮絲躲到樹叢裡。

而我對著儘管沒有出聲，卻還是扭打在一起的兩人大喊：

「喂，先別說這些了，把芸芸的刺青的位置說清楚講明白啊！」

「找到了，在這裡！有人躲在這種地方——！」

「你這個傢伙！你這個傢伙！」

8

「找到兩隻紅魔族了喔！剩下的是看似冒險者的人類！喂，在這邊，過來這裡！有兩隻紅魔族小孩！現在正是好機會，可以立大功了！」

說話的是一隻身穿鎧甲的怪物。

耳朵尖翹，紅褐膚色，肌肉不甚發達的纖瘦鬼怪。

他的額頭上長著一根角，銳利的視線緊緊盯著惠惠她們。

看見他的模樣，躲在樹叢裡的阿克婭和達克妮絲站了起來……！

「嗯——？看你這個樣子，應該是下級的擬態惡魔吧，討厭啦——！甚至無法升格為下級惡魔，長得像鬼怪一樣的不成材惡魔有什麼事？有什麼事？對付你這種下級怪物的時候，連破魔魔法都不管用呢。真是太好了呢，當不成惡魔就不用怕了！噗哧哧！我現在沒空搭理當不成惡魔的怪物啦，等你真正升格為惡魔之後我再陪你玩。今天我就先放你一馬，快點跑到別的地方去吧。快啊，哪邊涼快哪邊去！」

聽著不知道是在挑釁對方還是在威脅對方的阿克婭這麼說，那隻長得像鬼怪的怪物咬牙切齒。

達克妮絲見狀，默默拔出大劍，站上前去。

看他穿著鎧甲，大概是正在和紅魔族交戰的魔王軍吧。

這裡距離紅魔之里已經很近了，即使有魔王軍的成員在附近出沒也不足為奇。

手上握著短柄刺槍的他，紅褐色的臉色變得更加深沉，怒形於色地瞪著我們。

這時，又有其他外型相當類似的傢伙三三兩兩地出現。

手上的武器五花八門，但全都是武裝的魔物士兵。

這樣有點不太妙吧。

應該說，數量好多……太多了吧！

「我好像聽見什麼放誰一馬的。喂，那邊那個祭司，妳剛才是說了什麼？紅魔族讓我們吃盡了苦頭……而妳們那邊有兩隻紅魔族的小孩，我們怎麼可能會放你們一馬！喂，把他們大卸八塊！」

那隻鬼怪背後，有超過二十隻長得一模一樣的怪物。

這時，芸芸向前踏出一步……！

「『Light of Saber』！」

在如此吶喊的同時，她斜向空揮手刀。

接著，一道光線便沿著手刀的軌跡「咻」地飛了出去。

在光線穿越的同時，其中幾隻鬼怪的身體被切下一部分，當場倒地。

「圍、圍住他們！從四面八方包圍他們之後一舉進攻，他們就無計可施了，先從那個紅

魔族女孩殺起！」

看見同伴倒地，鬼怪激動地吶喊。

這時，達克妮絲擋到芸芸和鬼怪之間，牽制試圖包圍芸芸的鬼怪們。

阿克婭也跟著對挺身上前的達克妮絲施展支援魔法，而就在此時……

「芸芸，妳剛才竟然說我用的是搞笑魔法！既然如此，我就讓妳見識一下許久沒看到的搞笑魔法的威力吧！」

「咦？等、等一下，妳該不會是要……！」

「『Explosion』——！」

不顧慌張起來的芸芸，惠惠的爆裂魔法已經發威，還將在遠方觀看狀況的魔王軍爪牙也捲了進來，一齊轟個炸裂。

附近的林木完全被炸飛，看見這等威力的鬼怪們全都嚇到目瞪口呆。

塵埃落定之後，現場除了巨大的隕石坑以外，什麼都沒有留下。

「見識到吾之奧義，爆裂魔法了吧！說啊，這樣妳還敢說這是搞笑魔法嗎？怎樣啊，和真，剛才的爆裂魔法可以得到幾分？」

「我要給妳負九十分啦！突然就用光自己的魔力，接下來妳想怎樣啊，大笨蛋！還有很多敵人耶，我哪有空背著妳逃跑啊！」

「和、和真先生！現在沒空說那些了，聽見剛才的聲響，又有新的敵人出現了！」

在我硬是抱起耗盡魔力並倒在地上的惠惠時……

「喂，怎麼辦！妳有辦法對付那些傢伙嗎？」

我對著不知為何自信滿滿地站上前去的阿克婭如此吶喊，並且以「Drain Touch」為惠惠補充魔力。

聽我這麼說，阿克婭左右扭了扭脖子。

……看來，她似乎是想活動關節，發出聲響。

然後，她在地面上踱了幾下腳，站成三七步，舉起拳頭說道：

「呵呵，仔細想想好嗎？你該不會以為，我是個只會用恢復魔法的女人吧？本小姐可是所有參數都達到極限值的阿克婭大人啊！面對那種雜碎惡魔，一隻手就夠了。你看著吧，我偶爾也想展現一下女神風範！」

……這可不行。

我已經猜得到接下來會變成怎樣了，所以幫惠惠補充魔力的工作進行得差不多了之後，我就撐著她站了起來。

仔細一看，魔王軍的鬼怪們因為爆裂魔法而一時有些退縮，但現在已經重新振作起來，再次開始縮小包圍網。

即使我們這邊有芸芸，雙方的人數也差太多了。

就算想帶著耗盡魔力的惠惠能逃多遠算多遠，但總不能一直應付這群不知道到底有多少人的魔王軍。

「阿克婭，準備逃了喔！別擺那種奇怪的姿勢嚇唬敵人，快點跟上！」

阿克婭對著魔王的爪牙們不斷變換各種姿勢，威嚇牠們。

我背對阿克婭，正打算叫大家撤退的時候，阿克婭輕輕叫了一聲。

「……啊！」

我循著她的聲音轉過頭去，只見遠方又出現了一群新的魔王爪牙，一臉猙獰地往我們這邊移動。

牠們全都不是舉起武器，而是將武器隨地一扔，往我們這邊衝了過來。

…………？

正當我還搞不清楚狀況的時候……

——突然間，身穿黑色長袍的四人組從空無一物的空間現身。

不，他們並不是全都穿著黑色長袍。

其中兩個人穿的是類似騎士皮衣的黑色連身服，手上還戴著露指手套。

那群人有的拿著較短的法杖，有的手上什麼都沒拿，武器的種類並未統一。

或許附近還躲了其他人也說不定，不過現身的只有他們四個。

那群人有一個共通的特點。

那就是他們的眼睛都是紅色的。

突然出現的那群黑衣人，和惠惠以及芸芸一樣，眼睛都是濃郁的鮮紅色。

沒錯，他們是紅魔族。

之所以看起來像是從空無一物的空間當中突然現身，大概是因為之前一直都以魔法隱身起來吧。

然後，魔王的爪牙們之所以往我們這邊狂衝，一定不是因為發現了我們而攻過來，而是因為事先察覺到紅魔族的襲擊，連忙往我們這邊逃了過來吧。

最好的證據就是，魔王的爪牙們現在才停下腳步，一臉困惑的交互看著追趕牠們的紅魔族和我們四個人。

終於，或許是認為我們比較容易對付吧。

牠們準備往我們這邊衝過來……！

然而，就在那個瞬間。

「汝等將不剩一點肉片，消失在吾之心靈深淵所生之黑暗火焰之中！」

「不行，我忍不住了！你們就成為平息本大爺破壞衝動用的犧牲品吧——！」

「好了，沉眠至永恆吧……在吾之冰之手腕的懷抱之中……！」

「安心上路吧。我是不會忘記你們的。沒錯，你們將會永遠被刻印在……我的靈魂的記憶之中……！」

那些……並不是魔法的詠唱。

我看，八成是他們各自的招牌台詞或什麼的吧。

他們大概是以魔法增強了體能，所以轉眼間就已經追上魔王的爪牙了。

隨後，他們全都開始詠唱起完全一樣的咒文。

魔王的爪牙們見狀，紛紛往前伸出手……！

「等等……！別這樣……！住手……！」

魔王的爪牙之一正準備說些什麼，但紅魔族的魔法已經完成了。

「『Light of Saber』！」

「『Light of Saber』——！」

「『Saber』——！」「『Saber』————！」

四人接連如此吶喊，同時手刀也發出光芒。

他們以閃亮的手刀對準魔王的爪牙們，接連揮砍。

最後……

魔王的爪牙們全都當場變成一塊又一塊的殘骸了。

這是怎樣，太可怕了吧，紅魔族超可怕啊！

難怪逃跑的會是人多勢眾的魔王的爪牙！

剛才你們的台詞當中說的那些黑暗火焰和冰之手腕是哪去了？雖然我想這樣吐嘈，但他們可怕到我都不敢說出口了。

……這時，其中一名紅魔族看向我們。

是剛才對著魔王的爪牙們說什麼「不剩一點肉片」的男子。

「聽見遠方傳來爆炸聲，我才和魔王軍游擊部隊員來到這裡，結果……這不是惠惠和芸芸嗎，妳們在這種地方做什麼？」

他以這種白話的遣詞用字，平易近人地對我們這麼說。

惠惠聽了，搖搖晃晃地站了起來回應道：

「這不是鞋店少東綠花椰宰嗎。好久不見了。我們是聽說紅魔之里面臨危機，才會趕了回來。」

聽惠惠這麼說，綠花椰宰說了聲「危機？」，並歪頭不解。

……嗯？

這時，其他紅魔族也看著我們，一臉很好奇的樣子。

而名叫綠花椰宰的那個男人……

「話說回來，惠惠，他們是妳的冒險同伴嗎？」

如此問了惠惠。

對此，惠惠靦腆地笑了一下，點了點頭。

綠花椰宰見狀，露出非常認真的表情，用力揮了一下長袍——

「吾乃綠花椰宰。乃紅魔族首屈一指的鞋店之子。身為大法師，乃擅使上級魔法之人……！」

然後突然如此自我介紹。

正常人這時應該會驚訝到說不出話來才對，但我已經透過惠惠和芸芸兩個人而對此得到抗性了。

「感謝你親切的自我介紹，吾乃佐藤和真。是在阿克塞爾習得多種技能，和魔王軍幹部分庭抗禮之人。請多指教。」

我試著配合對方稍微自我介紹了一下，結果……

「「「「喔喔喔喔——！」」」」

突然，那些紅魔族驚訝地大叫。

「太棒了，你真是太棒了！一般人聽見我們的報名號台詞，反應都很微妙……！沒想到竟然有外來的客人能夠做出如此的回應！」

聽綠花椰宰這麼說，其他的紅魔族也都用力點頭。

「……和真，你和綠花椰宰他們好像一下就熟稔起來了呢！我自我介紹的時候，你明明就沒有這樣回應我！」

這時，惠惠的反應卻有點奇怪。

這是怎樣，我現在應該如何回應她啊？

照理來說，我應該覺得她是在吃醋，然後感到有點心動才對。

但對方是個年紀比我大的哥哥，而且我根本搞不懂這樣有什麼好吃醋的。

……不過，也許以紅魔族的感性而言，其中有某種令她煩燥的因素吧。

這是怎樣？

我一點也不覺得她在為我吃醋，也完全不開心。

完全感覺不到任何一點會發展成戀愛喜劇的情愫。

正當我如此煩惱的時候。

「吾乃阿克婭！身為受人尊敬崇拜之存在，乃終將消滅魔王者！而且真實身分乃水之女

神！」

突然，明明沒有人要求，阿克婭卻做出這種自我介紹。

看來她立刻就受到那些紅魔族的影響了。

「「「「這樣啊，好厲害喔！」」」」

「等一下——！為什麼？吶，為什麼就只有我每次都得到那種反應？」

紅魔族的人們將視線從哭鬧的阿克婭身上移開，以充滿期待的眼神看著達克妮絲。

在他們的注視之下，略顯畏縮的達克妮絲開了口……！

「吾、吾乃達斯堤尼斯．福特．拉拉……蒂……娜……是、是在阿克塞爾……嗚嗚嗚嗚……！」

雖然是想要回應眾人期待的達克妮絲，卻大概是因為太過害臊了，在大家的矚目之下，她越說越小聲。

別太勉強了。

達克妮絲害臊到擠出眼淚來，紅著臉、口齒不清；而笑容可掬地看著她的綠花椰宰，開始高聲詠唱起魔法。

「惠惠，妳的同伴很不錯呢，真是太好了。從這裡到村里還有一段距離。來吧，我來為你們帶路，外面的人們。我用瞬間移動魔法送你們一程！」

說完，綠花椰宰也詠唱完了「Teleport」的魔法。

突如其來的瞬間移動讓我放眼看過去的視野變得扭曲。伴隨著一陣暈眩，周遭的景色也為之一變。

出現在眼前的，是個適合用恬靜二字來形容的小聚落。

我們茫然地望著這個村里，而綠花椰宰則是帶著笑容說：

「歡迎來到紅魔之里，外面的人們。惠惠、芸芸，歡迎回來！」

第三章

在囧不可言的村里稍事休息！

1

「那麼，我們要回去執行巡邏任務了。」

綠花椰宰這麼說完，就從我們身邊離開。

然後其他三個人聚集到他身邊，他便開始詠唱了某種咒文……！

「先走一步！」

接著輕聲施展了某種魔法，綠花椰宰等人便忽然消失了。

好厲害，真正的魔法師就像這樣吧。

他們又用瞬間移動魔法回到戰場去了嗎……！

「總覺得他們幾個還滿帥氣的呢，感覺就像是一群戰鬥專家。」

我依然盯著他們消失的地方看得出神，並且這麼說。

「這樣啊。那他們四個在附近聽了一定很開心吧。」

讓我攙著的惠惠卻這麼說……

「……在附近聽了？他們不是已經用瞬間移動魔法飛走了嗎？」

聽我這麼說，這次輪到芸芸說道：

「他們只是用折射光線的魔法隱藏身影罷了。瞬間移動魔法會消耗大量魔力，要是在戰鬥之後又一再使用的話，魔力一下就見底了。我想他們只是為了展現出帥氣離開的一面，所以才會隱……好痛！」

突然，從剛才他們站的地方飛出一顆小石頭，丟過來「叩」的一聲就敲中芸芸的頭，打斷了她的發言。

簡直像是在叫她別多嘴似的。

……他們還在那裡是吧。

「順道一提，折射光線的魔法是以施術者指定的人或物為中心，張設半徑數米的結界，讓周圍的人看不見結界內部的魔法……所以，只要靠近過去就看得到了。」

聽惠惠隨口這麼一說，阿克婭不發一語地向前踏了一步。

「……！」

前方便傳出倒抽一口氣的聲音，同時還有腳步往後退的「沙沙」聲。

阿克婭聽了，盯著那個地方，不再移動……

「…………………」

「…………………」

突然，阿克婭朝著那個地方衝了出去。

「「「！」」」

同時，前方也響起好幾個人連忙逃跑的腳步聲。

別、別鬧他們了啦……

阿克婭興高采烈地追著那幾個看不見的人跑，而放任她不管的我們，則是踏進了紅魔之里當中。

總之，我們決定先去芸芸的老家問清楚現在的狀況。

不久之後，阿克婭大概是追膩了吧，便也回到我們身邊來了。

「我說，他們幾個還滿厲害的嘛，就連我的腳程也追不上呢。」

居然連除了腦袋和運氣以外的能力值都很高的阿克婭也追不上。

雖然最後離開的方式有點微妙，不過，我記得他們自稱是魔王軍游擊部隊。

他們想必是紅魔之里的菁英集團吧。

正當我這麼想的時候，惠惠果斷地說：

「大概是用了肉體強化魔法作弊才逃掉的吧。那群尼特平常都在家裡打滾，我不認為他們有那麼強的體力。」

……並以這番讓人無法假裝沒聽見的說詞，打破了我那略帶崇拜的幻想。

「……那群尼特？不對吧，他們不是魔王軍游擊部隊嗎？他們離開的時候還說有巡邏任務要執行啊。」

聽我這麼問……

「那些人只是一群找不到工作的閒人啦。要是到其他城鎮去當冒險者，肯定會是搶手的隊員，但他們就是不想走出這裡，是一群離不開父母的傢伙。平常實在是閒到發慌，所以為了不讓其他人覺得自己遊手好閒，才會像那樣擅自打著魔王軍游擊部隊的名號，在村里周邊四處閒晃。」

惠惠便提供了這種讓人不太想知道的情報。

所以這是怎樣？

這個村里就連尼特的能力都那麼強嗎？

或許是察覺到我這麼想，芸芸接著說道：

「紅魔族在長大成人的時候，所有人都會學會上級魔法。村民們的職業，也全都是大法師。學會上級魔法之後，才會在技能點數充裕的狀況下，再去學習各種魔法。明明這才是常識，卻有人……」

說著，她瞄了惠惠一眼。

惠惠一副事不關己的樣子，假裝沒注意到芸芸的視線，東張西望地看著懷念的故鄉。

紅魔之里是個小農村大小的聚落。

三三兩兩出現在村里的紅魔族們，臉上都不見緊張的表情。或許是受春天的暖和天氣影響，甚至還有人慵懶地打著呵欠。

說穿了，這看起來一點都不像是在和魔王軍交戰。

「……嗯，這尊鷲獅的石像還真是栩栩如生啊。是哪位雕刻名家的作品嗎？」

達克妮絲忽然這麼說，便伸手拍了拍村子入口前的石像。

原來如此，那尊鷲獅像確實是逼真到像是隨時會動起來似的……

「那是用石化魔法將迷路闖進村子裡的鷲獅變成石頭而成的。因為看起來很帥氣，大家就決定留下來當成觀光景點了。現在主要是當成約定見面的地標。」

這、這種景點也太亂來了吧。

而聽了惠惠所說，阿克婭似乎對石像產生了興趣，伸手拍了拍，還詠唱起某種咒文。

「……妳是想用什麼魔法啊？」

「治療狀態異常的魔法啊，我沒看過活生生的鷲獅耶。」

我們壓制住阿克婭之後，便前往芸芸的老家打聽現在的狀況。

2

——位於村里中央的大房子。

茶几的另外一邊，一名坐在沙發上的中年男子皺著眉頭。

被帶到族長家的會客室的我們，聽眼前的中年男子——也就是芸芸的爸爸，說出了衝擊性的事實。

「沒有啦，那個只是寄給小女報告近況的家書啊。只是寫著寫著就越來越起勁。擁有紅魔族血統的人，實在是寫不出內容平凡的信件啊……」

「不好意思，我完全聽不懂你在說什麼。」

我立刻對族長如此吐嘈，坐在我身邊的芸芸也是一臉目瞪口呆。

「……咦？爸、爸爸？呃，看到你平安無事，我是非常開心，不過你能不能再說一次？首先，信上開頭的第一句，**『當妳收到這封信的時候，我一定已經不在世上了吧』**是……」

「那是紅魔族的季節問候語啊，妳在學校沒學過嗎？……啊，對喔，妳和惠惠因為成績優秀，很早就畢業了是吧。」

「……那信上說無法順利破壞軍事基地又是指……」

「喔喔，那個啊？因為他們建造的基地十分雄偉，大家還在討論到底該直接破壞，還是留下來直接當成新的觀光景點，分歧的意見一直統整不起來。」

「芸芸啊，我可以揍妳老爸一拳嗎？」

「好啊。」

「芸芸！」

族長頓時愕然，而達克妮絲不解地問：

「……嗯？請等一下，你說魔王軍建造了軍事基地……既然如此，魔王軍的幹部來到此地，這件事又是……？」

「是啊，正如信上所說，他們派了一個不怕魔法的幹部過來。對了，他們應該差不多要抵達了吧。有空的話要不要參觀一下啊？」

族長一派輕鬆地邀請了我們。就在這個時候——

『魔王軍警報，魔王軍警報。手邊沒事的人請到村里入口的鷲獅像前集合。敵人的數量估計有一千隻上下。』

隨著鏗鏘的鐘聲，村裡響起這樣的廣播。

「「一千！」」

我和達克妮絲驚叫出聲，但三位紅魔族卻是一臉稀鬆平常。

他們幾個是不是沒聽到一千這個數字啊？

以這個聚落的規模來說，村民的人數頂多三百左右吧。

面對數量超過三倍的魔王軍士兵還這麼氣定神閒是怎樣？

「魔王軍一千隻啊。看來終於到了我行使女神真正力量的時候了呢。」

喝著族長家的迎賓茶，難得低調的阿克婭突然這麼說。

總覺得這傢伙在來到這裡之後，就受到了什麼奇怪的影響。

算我拜託妳，不要再讓妳的蠢病變得更嚴重了。

見達克妮絲嚇得成了半蹲狀態，惠惠以平靜的嗓音說：

「不用那麼慌張啦。這裡是魔法高手的聚落，紅魔之里。大家也去參觀一下如何？」

3

……太厲害了。

「嗚哇！嗚哇────────！」

「席薇亞大人！席薇亞大人──！請撤退！只有您一位得救也好，請撤退！」

「可惡、可惡！要是能夠接近他們的話，至少還能夠報一箭之仇……！」

「所以我才反對攻打紅魔之里嘛，所以我才說不想來的啊……！」

魔王的爪牙們接連斷了氣，就連村子口都到不了。

面對數量超過一千的對手，這邊僅僅只有五十人左右。

而這五十人左右的紅魔族……

「『Lightning Strike』！」

「『Energy Ignition』。」

「『Freeze Gust』！」

「『Cursed Lightning』────！」

毫不留情地對著魔王軍的先鋒展開狂風暴雨般的上級魔法攻勢。

「好厲害……厲害成這樣我都覺得有點畏縮了……」

那已經不能稱為戰鬥，而是單方面的蹂躪了。

才看見空中落下雷電，直接打在魔王軍士兵們頭上，又有超過十隻鬼怪莫名燒了起來。

先是一群被白霧包圍的敵人變成了冰雕，然後又有一道黑色的閃電疾馳而過，在魔王軍

士兵們的胸口上開了大洞。

……這時，魔王軍的人牆從中斷開，一名身穿洋裝的美女挺身上前。

「你們幾個！我來當你們的擋箭牌，跟在我後面！想要再次發動上級魔法需要一點時間，就趁這個空檔……！」

那個漂亮的人就是魔王軍的幹部嗎？

她穿著一件深V洋裝，是個乍看之下很像人類的高挑美女。

右邊耳朵上戴著閃亮的藍色耳環，帶著點清純的感覺，和性感的洋裝呈現對比。

這時，一對男女站上前去，與那位美女面對面。

那個男的我見過。

就是剛才送我們一程的綠花椰宰。

綠花椰宰的紅眼閃閃發亮，雙手向前伸出。

我和惠惠相處了這麼久下來，知道了一件事。

紅魔族的眼睛會閃耀出紅色光芒的狀況有二，分別是情緒高漲的時候……

「『Tornado』————！」

以及施展灌注了大量魔力的大型魔法的時候。

綠花椰宰施展的魔法，在魔王軍的正中央製造出巨大的龍捲風。

魔王軍無從抵抗，大多士兵也被捲上天去。

接下來，他們大概也只能撞上地面，就此喪命了吧。

緊接著，站在綠花椰宰身邊的那位相當漂亮的女人，一雙紅色的眼睛也同樣閃現光芒，並將左手往前一伸。

那名女子右手拿著武器，以紅魔族來說相當罕見。

仔細一看，是一把雕了龍的木刀。

既然是紅魔族會拿的東西，那想必是某種魔法武器吧？

向前伸出左手的女子，將右手上的木刀一揮。

「『Inferno』！」

尚未止息的龍捲風當中，更捲起了強烈的火焰旋風！

4

觀賞過紅魔族的戰鬥之後，我們前往惠惠的家。

在那之後，芸芸說要去制裁寄了那封信的朋友——有夠會，便向我們告別。

我一邊回想著剛才紅魔族所施展的魔法一邊說：

「啊——剛才的景象真是精采啊。那就是正牌的紅魔族啊……」

「既然你說了正牌，就表示還有冒牌的囉。喂，你想說哪裡有什麼冒牌的紅魔族就說啊，我洗耳恭聽。」

我攙扶著感覺隨時會咬過來的惠惠，站在一間小巧的木造平房前。

該怎麼說呢，這樣講有點失禮，不過這是個看起來比一般家庭還要貧困的屋子。

大概是魔力耗盡而渾身無力的關係，惠惠帶著顯露出疲憊的表情，敲了敲玄關的門。

不久之後，屋子裡傳出乒乒乓乓的跑步聲。

接著，有人輕輕打開玄關的門……

出現在門後的，是一個長得很像惠惠，年紀看起來差不多小學低年級的小女孩。

「哦，她就是惠惠的妹妹吧？還真是可愛呢。」

達克妮絲不禁笑逐顏開。

「這是怎樣，冒出了一個小隻的惠惠耶。小惠惠，妳要吃糖糖嗎？」

阿克婭不知道從哪裡摸出了顆糖果……

「米米，姊姊回來了。妳在家裡乖不乖啊？」

手依然搭在我肩上的惠惠，以溫柔的聲音對那個小女孩這麼說。

米米……

剛才的綠花椰宰也是，已經不會在每次聽見紅魔族的名字時都產生反應的我，是不是已經受到不良影響了啊……

米米看著惠惠，整個人渾身僵硬地站著。

這就是所謂感人的重逢吧。

米米驚訝一般瞪大了眼睛，深深吸了一口氣之後大喊：

「爸爸——！姊姊勾搭了一個男人回來——！」

等一下，小妹妹，大哥哥有話要跟妳談談！

5

「來——仔細看清楚囉！快看矮桌上這個倒扣的馬克杯，它會在矮桌上跑來跑去喔！」

「好厲害！好厲害喔！怎麼弄的？這是怎麼弄的？藍頭髮的大姊姊，妳是怎麼弄的！」

「是磁鐵！妳一定是在矮桌底下用磁鐵移動馬克杯！對吧？我猜中了吧，阿克婭！」

這裡是惠惠家的起居室。

阿克婭用杯子表演著才藝。

米米和達克妮絲目不轉睛地看著她表演。

達克妮絲猜測她用了磁鐵，我想應該沒錯。

阿克婭正在移動的馬克杯是鐵製的。

她一定是拿著磁鐵，從矮桌底下挪動那個杯子……

我一邊聽人說話，一邊推測這魔術的機關，並不經意看了過去，然後嚇到說不出話來。

阿克婭端正地跪坐在起居室的正中間，雙手放在膝蓋上。

她只是維持這個姿勢，盯著矮桌上的馬克杯一直看，馬克杯就滑順地跑來跑去。

……………！

正當我懷疑自己是不是看錯，心想到底是怎麼回事，注意力整個被拉過去的時候……

「呃……！咳嗯！」

眼前那個人便刻意地清了清喉嚨。

哎呀，我失態了！

起居室鋪著地毯，而我因為現場氣氛使然跪坐在地毯上，眼前則是一臉凝重地盯著我看的惠惠的爸爸。

乍看之下，他感覺只是個普通的黑髮大叔，但他的眼神相當銳利，從剛才開始就一直默默散發出壓迫感。

這就是我之前只聽過名字的惠惠的爸爸，飄三郎先生。

「……小女平日多方受你照顧了。關於這一點，我由衷感謝。」

說著，飄三郎微微點頭示意。

然後，坐在他身邊的，是一位漂亮的女子。面容與惠惠頗為神似，留著一頭潤澤的黑長髮，嘴角和眼角有著幾道小細紋。

「就是說啊，小女真的很麻煩你照顧吧……小女寄回來的信上寫了很多有關和真先生的事情……我們都很了解你喔……」

惠惠的母親，唯唯女士也深深低下頭。

怎麼辦？

我以怨恨的眼神瞄了一眼照理來說最該收拾這個局面的傢伙。

起居室的一角鋪好了被褥，不久前施展了爆裂魔法而耗盡魔力的惠惠在那邊睡得很沉。

然後，飄三郎感慨萬千地端詳著惠惠好一陣子，然後又收斂起表情對我說：

「……所以，你和小女之間的關係是……？」

這是他第三次問我同樣的問題了。

「……我已經說過好幾次了，只是朋友兼同伴而已。」

聽我這麼說，飄三郎一副已經無法忍受的樣子，迅速移動到阿克婭用來表演才藝的矮桌前，並伸手抓住了矮桌。

「你說啥————！」

「老公————！別這樣！別再翻桌了，會摔壞的！這個月我們家又特別沒錢啊————！」

所謂的紅魔族，還真是個怪胎特別多的種族。

——飄三郎喝著太太泡的茶，喘了口氣。

「恕我失禮，一時亂了方寸。沒辦法，誰教你要裝傻說什麼只是普通朋友。」

我原本想說「本、本來就只是普通朋友」，但還是把已經爬到喉頭的話語吞了回去，並且拿出背包裡的某樣東西，試圖轉移話題。

那是我前幾天去溫泉旅行的時候，在阿爾坎雷堤亞買的綜合甜饅頭。

因為剛回到阿克塞爾又出了這趟遠門，都還沒從背包裡拿出來。

「請收下這個……只是一點小心意……」

這時，飄三郎和太太同時抓住了我遞過去的甜饅頭盒子。

「……老婆，這是和真先生給我的東西，請妳放手。」

「哎呀呀，老公你也真是的，剛才還你啊你的叫得那生疏，收到伴手禮之後就突然叫人家和真先生了。別這樣好嗎，很丟人呢。這個要拿來當今天的晚餐。你可別想著要拿去當下酒菜喔。」

太太開起這種讓人笑不出來的玩笑。

不，那是甜饅頭耶。不管是拿來配酒還是當晚餐都不適合吧。

正當我忍耐著不這麼吐嘈時，米米開心地大叫：

「是食物嗎！吶，那是固態的食物嗎？不是我們家平常吃的那種很薄很淡又加了很多水的稀飯，而是吃了真的會飽的東西嗎？」

……我將放在背包裡的保存食品類全都拿了出來，默默地一面攤開。

「這些……真的只是一點不算什麼的小心意……」

「歡迎光臨寒舍，和真先生！老婆，去泡我們家最好的茶！」

「我們家只有一種茶，不過我立刻去泡，請等一下喔！」

——我一邊喝著太太泡來的茶，一邊看著米米兩手各拿著一個我帶來的甜饅頭，像松鼠一樣迅速地大吃特吃。

米米一邊嚼著嘴裡的東西，一邊在一旁盯著我的側臉看。

看著拿在自己手上的兩個甜饅頭，米米吞了一口口水……

「……給你吃，很好吃喔。」

接著將還沒有咬過的甜饅頭朝我遞了過來。

還沒吃飽的米米一直目不轉睛地盯著自己遞給我的甜饅頭。

「米米，不可以再靠近他了！過來找大姊姊，來我們這邊！」

「沒錯，米米！那個男人一天到晚對妳姊姊做些過度的惡作劇，是個很壞很壞的大哥哥。在那個男人對妳下手之前快點過來！」

阿克婭和達克妮絲這麼說，但米米只是歪頭看著我。

總之晚一點再制裁她們兩個。米米還真是個小天使啊。

「謝謝，那個甜饅頭米米自己吃就可以了，大哥哥已經吃飽了。」

聽我這麼說，米米說了聲「這樣啊！」，之後便一屁股在我身邊坐下，繼續默默地專心吃著甜饅頭。

看著那令人莞爾的模樣，我不禁揚起嘴角。

這時，飄三郎一臉嚴肅地對這樣的我說：

「……無論你拿多少食物來，我也不會把米米給你。」

「你誤會了！請別相信那兩個人說的話啊！」

在我如此嘶吼的同時，阿克婭已經悄悄溜到我身邊來，一把抱住啃著甜饅頭的米米，像是要保護她遠離我似地拖走。

……妳們兩個最好給我記住。

米米對於自己突然被阿克婭抱住、被拖走一點也不介意，只是任憑阿克婭處置，自己默默地啃著甜饅頭。

不一會兒，太太對喝著茶的我露出柔和的笑容，同時說：

「這麼說來，聽說和真先生欠了很大一筆債，沒問題嗎？我覺得和真先生是個好人，倒是也不會反對……只是，如果你要和小女在一起，至少等到還清債務之後再說也不遲吧……？」

我全力噴出了含在嘴裡的茶。

「在一起是怎樣啦！我都說我們只是普通朋友了啊！」

嗆到的我這麼說，但太太歪著頭回應道：

「可是看小女寄回來的信，說你們的關係很親密，我還以為就是那麼回事呢……？」

「不，請等一下，她的信上是怎麼寫的，可以跟我說一下嗎？」

就在我平復著心情的時候，飄三郎和太太兩個人互看了一眼。

然後，太太開口道：「比方說……」

把小女弄得全身
濕濕黏黏，以此為樂。
背著耗盡魔力的小女時
一邊對她說：
「最近好像變大了點啊？」
之類的話。
Bust
UP?

和她一起洗澡。
趁她在沙發上毫無防備地
睡午覺的時候，
你會蹲坐在一旁
仔細觀察她的
裙底風光。
一邊餵點仔吃飯，
一邊對牠說：
「看好囉？是這個。
你要偷這個給我。
只要你偷這個來，
我就給你吃更好吃的。」
邊說還邊給牠看內褲，
讓牠記下來幫你偷。
？

「……之類，你們的關係已經親密到這樣的性騷擾都不足為奇了……」

聽到這裡，我跪著向他們兩位磕頭。

面對這樣的我，飄三郎接著說了下去：

「信上還說，儘管如此，她依然放不下你這個重要的同伴。即使是欠了一屁股債、好色成性、戰鬥力不上不下、滿嘴惡言又沒常識的男人，要是她沒有看好你，你就會死掉，所以沒有辦法不管。既然小女都說成這樣了，我還以為你們之間一定有什麼關係呢……」

他語重心長地這麼說。

雖然有很多令我介意的地方，但「重要的同伴」這個字眼讓我有點開心。

沒錯，再怎麼說，我們也已經建立起足以接納對方缺點的深厚情誼，即使會在背地裡這麼說我，也不會影響我對她的信賴……

「聽說小女在和真先生的小隊當中是主要火力，要是她離開了，這個小隊也將形同解散。小女還提到，她討伐了魔王軍的幹部巴尼爾，更連日攻擊另一名魔王軍幹部所居住的城堡，將該名幹部引誘出來，為討伐行動貢獻良多……」

……不，這些雖然都不算是謊話。

最近她又打倒了一個名叫漢斯的幹部，不過就算沒有惠惠，我們的小隊也不至於需要解

散的程度就是……

「嗯、嗯，而且她還解決了那個機動要塞毀滅者！不是我要自誇，但是咱們家的女兒真是表現得優秀至極啊！」

飄三郎也接在太太後面這麼說，看起來真的非常開心……

這些事實確實沒錯。確實是沒有錯，但是……

我不禁看向正在睡覺的惠惠。

原本呼吸還很平穩的惠惠翻了個身，背對了我……

這傢伙該不會是醒著的吧。

正當我以懷疑的眼神看著惠惠時……

「除此之外，小女還寫了很多關於你和同伴們的事情呢……話說回來，債款的部分還有很多嗎？畢竟和小女的小隊有關，我們也很想設法援助你們，只是我們家也不太富裕……」

太太略顯歉疚地這麼說，於是……

「啊，沒問題，債款早就已經還清了。而且，結束這次旅行之後我應該可以拿到一大筆錢，所以不要緊的，兩位不用擔心。」

我不經意地這麼說，讓飄三郎有了反應。

「這樣啊……不介意的話，方便問一下你可以拿到多少錢嗎……？」

一方面也是因為待在惠惠的老家讓我有點緊張吧，我毫不遲疑地回答了這個問題。

「三億艾莉絲吧。」

「「三億！」」

……咦？我說了什麼不該說的話嗎？

飄三郎稍微往我這邊靠了過來。

然後，他帶著相當燦爛的笑容，拍了一下手說：

「對了，和真先生，你今晚就在寒舍住下來吧！你是小女的同伴兼朋友，讓你留宿實屬當然！既然你在當冒險者，想必沒有自己的房子吧！」

「就這麼辦吧！米米，妳今天和爸爸、媽媽，三個人一起睡這間起居室！另外兩位就一起睡我們的寢室吧！不過，我們家這麼小，房間就只有起居室和我們的寢室，剩下的就是惠惠以前睡的房間了……要請你住下來好像太小了點……老公，乾脆考慮一下改建……」

聽他們越說越誇張，我實在有點嚇到……

「不、不必了……那個，我在阿克塞爾有一棟豪宅……」

然後畏畏縮縮地這麼說。

「「豪宅！」」

我又多嘴了。

他們兩位以晶亮的眼睛看著我，而我別開視線，試圖尋求阿克婭和達克妮斯的協助……

「換下一個！快看這個小盒子，會發生讓妳嚇一跳的事情喔！」

「一定是打開那個盒子就會蹦出某種東西來對吧！一定是這樣的米米，不會錯的！」

「好厲害！好厲害喔！」

看來她們三個好像沒空。

6

時間已經過了傍晚，惠惠卻還沒睡醒。

不過，這也不能怪她。

儘管是小隊裡最可靠的一個，但再怎麼說，她依然只有十四歲。

才剛從阿爾坎雷堤亞長途跋涉回到阿克塞爾，然後又立刻出了這趟遠門，而且又用了爆裂魔法、耗盡魔力。

就在惠惠長睡不起的時候……

「媽媽！肉肉！肉肉！」

「老婆，聽人家說白菜可以養顏美容，肉就交給我吧，我希望老婆可以一直美下去！」

「哎呀呀，老公你才是，最近頭髮越來越稀疏囉，還是多吃點配菜的海藻沙拉吧！」

很久沒見的家人卻沒有任何一個擔心她，只顧著狂吃我剛才去採購回來的食材。

今天的晚餐是火鍋。

阿克婭喝著和食材一起買回來的酒，達克妮絲則是因為第一次和這麼多人圍著小小的矮桌吃飯，顯得有點緊張。

她深怕自己失禮，一直偷瞄我、模仿我的動作，吃得很優雅。

不久之後，米米吃飽了，並帶著閃亮亮的眼睛說：

「爸爸、媽媽！藍色頭髮的大姊姊很厲害喔！她從這麼小的盒子裡面變出這麼大的尼祿依德耶！」

那是怎樣，太令人好奇了吧。

發現我對米米說的話產生了興趣，達克妮絲說：

「真的很厲害喔，和真。發生了物理性質上根本不可能的事情。小盒子裡面蹦出了比盒子還大的尼祿依德，還逃到窗外去了。我從剛才開始就一直在想那到底是怎麼變的……」

聽她這麼說，我對喝了酒，心情正好的阿克婭說：

「吶……其實我從很久以前就對妳的才藝很好奇，能不能讓我仔細觀察一下啊？」

「我才不要呢。才藝這種東西啊，並不是應觀眾要求而表演，而是表演者自己想炒熱氣氛的時候才會表演。如果你真的超級想看非看不可的話，那就辦一場會讓我想要表演才藝的宴會出來啊。」

說著，她拿起當成下酒菜的毛豆，巧妙地用單手將裡面的豆仁用力擠出來，並噴到我的嘴邊。

「你很遜耶……我都特地瞄準你的嘴巴了，你就不能用嘴巴穩穩接住……住、住手！你明明就不太喝酒，不要把我的毛豆全部拿走啦！」

和樂融融的晚餐時間。

事隔已久，我回想起還在日本的時候，和家人一起吃飯的情境，忘卻這幾天在野外的緊張心情，放心地享用著餐點。

——然而，事情就發生在我洗好澡，準備回到起居室的時候。

「妳這是在做什麼傻事！難道妳一點也不疼愛自己的女兒嗎？妳打算做的事情，就和把一頭看起來很可口的羔羊，丟進關著絕食一星期的野獸的籠子裡沒有兩樣！」

阿克婭她們先洗好澡之後，最後才輪到我洗；在我洗好澡之後，就聽見達克妮絲的怒罵聲從起居室傳來。

我心想不知道是在吵什麼事情，便偷偷往裡面一看，只見飄三郎已經在起居室的正中央睡到打呼了。

我去洗澡之前他明明還醒著，入睡的速度未免太快了吧？

既然沒看到阿克婭的身影，就表示她已經去分到的房間裡睡覺囉。

「話雖如此，你們之前也一直都在一個屋簷下一起生活，不也都沒有出什麼差錯嗎？既然這樣，就一點問題都沒有了。小女已經到了能夠結婚的年紀，和真先生也是個懂得是非善惡的成年人……要是發生了什麼事情，那也是他們兩個你情我願的吧？這樣的話，身為她的母親，我也不會說什麼。」

看來，是達克妮絲在抗議我和惠惠睡同一個房間的樣子。

不過要睡哪裡我都無所謂就是了。

這時，太太揚起嘴角……

「……話說回來，達克妮絲小姐為什麼會那麼反對呢？和真先生和小女一起睡，對妳而言有什麼不便之處嗎？」

問了這種讓我也有點好奇的事情……

「咦咦？這樣聽起來，好像妳覺得我在吃醋似的，讓我非常不愉快。說真的，我嚴正請妳別這麼說……」

……咦？

「這、這樣啊，不好意思。看來是我有點判斷錯誤了。不過，要是小女和妳們兩位睡同一間的話未免太擠了一點。這樣就得找個人和和真先生睡同一間了……」

聽太太這麼說，達克妮絲回應道：

「既然如此，讓飄三郎先生和和真一起睡，問題不就解決了。」

「咦！」

聽了達克妮絲正確解答，太太驚叫出聲。

不，這樣做確實是最正確的沒錯，但是妳就不能提供一點順應話題走向的意見嗎……

「這樣做太無趣了。而且從小女寄回家的信來判斷和真先生這個人的話，讓他和米米一起睡當然不用談，和我老公一起睡也讓人稍微有一絲不安……」

喂，這位太太，妳在說什麼啊？妳以為我是怎樣的人啊？明天請她把惠惠寄回來的信全都給我看過一遍好了。

這時，達克妮絲似乎越講越亢奮了，她大聲地說：

「不然……！我和他一起睡好了！如果是我的話，萬一那隻禽獸想對我來硬的，只要拚命抵抗應該有辦法抵擋……！不，說不定抵抗也沒用，在那個男人非比尋常的慾望驅使之下，我也許會遭到凌辱。對、對了，在這趟旅途中，那個傢伙想必一直累積著慾望，無從發洩吧。而且那個傢伙昨晚還熬夜！聽說男人在熬夜之後會特別心癢難耐……！到時候他就會硬是壓住我在我試圖抵抗的時候硬是摀住我的嘴然後說小心吵醒米米被大家聽見也無所謂嗎乖乖閉上嘴之類的威脅我……」

「『Sleep』。」

太太施展了魔法之後，一張嘴像機關槍般說著一大串蠢話的達克妮絲便當場不支倒地。

她出招了。

……我不經意地看向在這樣的騷動當中沒有一點醒過來的跡象的飄三郎。

難不成，飄三郎也是……

這時，太太發現我在起居室的入口偷看，便一面單手抱起打著盹，看起來非常想睡的米米一面對我說：

「哎呀，和真先生。你洗好澡啦？達克妮絲小姐在這裡睡著了，能不能請你幫我把她搬到寢室去呢？」

這麼說著，她嫣然一笑。

7

「幸好有你幫忙。達克妮絲小姐這樣長途跋涉一定也累了吧。她應該會一直睡到早上才對。而且，我和外子和米米只要睡著了，無論有什麼太大的碰撞聲或是喊叫聲，也不太會醒來……那麼，和真先生也累了吧，早點休息吧。」

說著，太太用力把我推進惠惠的寢室裡。

「好、好吧……那麼，我就不客氣地進去睡了……不過我把話說在前頭，我和惠惠都相處這麼久了，不會出任何亂子喔。是那個每天都在思春的變態十字騎士剛才在胡言亂語，可別相信她說的話喔。」

「我知道我知道，你放心吧！要是有什麼萬一，你只要乖乖負起責任就可以了……！」

這位太太肯定什麼都沒搞懂吧。

於是，我被「咚」一下推進了惠惠的房間。

「那麼，請隨意……！」

聽著太太的聲音從背後傳來。

無可奈何的我，望向昏暗的房間。

在我眼前的，是不知何時被抬進來的惠惠，睡在房間中央。

像這樣靜靜地躺著的時候，惠惠還真是個美少女。

月光微微從窗外透了進來，柔和的光芒照在惠惠的睡臉上。

看著她閃閃動人的潤澤黑髮，讓我有種逐漸陷入那抹深邃當中的奇妙感覺……

……我居然看她看得入迷了，這是怎樣？

惠惠的模樣我應該已經看得很習慣了，現在居然看到出了神，或許這也是那些半獸人帶給我的心靈創傷所造成的吧。

回到阿克塞爾之後，去找夢魔大姊姊們幫我療癒心靈好了。

我也覺得有點累了，早點就寢吧。

就在這個時候……

「『Lock』！」

房外傳來這道聲音。

大概是太太用魔法把門鎖上了吧。

不小心說出今後會拿到多少錢的我也不太應該，但那位太太的所作所為也大有問題吧。

就算我是他們家女兒經常在信上提到的男人，當家長的這樣做對嗎？

就那麼相信她女兒的眼光嗎？

……算了，還是早點睡吧。

我轉念一想，重新審視了一下狹小的房間，這才忽然發現一件事情。

除了惠惠正在睡的被褥之外，房間裡沒有任何一個我可以睡的地方。

8

在微微從窗外透進來的月光照耀之下，我一直僵在原地。

我的視線前方是睡得很沉的惠惠。

現在，這個空間裡面只有我們兩個人。

喝了酒的阿克婭已經睡了，最有可能來礙事的飄三郎和達克妮絲，也被太太的魔法弄到睡著了。

……再說，這個房間已經從外面用魔法上了鎖，任何人都無法進來或離開這個房間。

根本就是嘴邊肉。

房間裡只有一套被褥。

儘管現在的季節是春天，這個時間還是很冷。

雖然是在房間裡面，但要是沒蓋棉被就睡著的話，說不定會感冒。

萬一感冒惡化，引發肺炎怎麼辦？

聽說，這個世界的恢復魔法就只有疾病治不好。

病死會被視為壽終正寢，即使用了復活魔法也無法重生。

也就是說，比起死於戰鬥之中，病倒才是最可怕的事情。

所以，我現在鑽進被褥裡面，睡在惠惠身旁當然也不成問題……

「…………………」

我在此沉思了一下。

要是我這個時候對睡得那麼香甜的惠惠出手了，下次達克妮絲和阿克婭指著鼻子說我鬼畜、非人哉的時候，我就真的無法否認這些中傷了。

我是紳士，我不是那種男人。

但是，以現在的狀況來說，連她的母親都已經允許我這麼做了。

這樣一來，要是被惠惠告了，我應該也能打贏官司吧。

不對不對，真的打得贏嗎？

再說了，這個世界的司法體制到底是怎麼樣啊？

可惡，我應該多了解一下法律才對！

早知道會這樣的話，我應該……

不對，話不是這麼說。

問題不是被告不被告，我的論點已經偏掉了。

不行，看來處於這種狀況之下讓我也亂了方寸。

冷靜啊，冷靜一點，佐藤和真。先冷靜下來，好好思考！

但就算我想好好思考，春天的晚上還是太冷了。

這麼冷根本沒辦法思考，不如先鑽進被窩當中，恢復冷靜好了。

為了避免吵醒惠惠，我小心翼翼地鑽進被窩裡，感覺著身旁的她的體溫，聽著她平穩的呼吸，重新沉澱思緒……

……………

不對啦！

好險險的陷阱啊，我在無意識中躺到了惠惠身邊。

就在準備起身的時候，忽然發現到一件事。

假設我就這樣慌慌張張地跳出被窩好了。

如此一來，反正惠惠一定也會剛好醒來吧？

然後，接下來就是漫畫和動畫當中常見的劇情了。

沒錯，這樣下去，無論我怎麼說她也不可能聽得進去，照樣制裁我。

事情真的變成這樣的話，無論我怎麼辯解，說真的什麼都沒做、是她老媽擅自把我推進來的，照樣跳到黃河也洗不清。

簡直沒有天理啊。

根本就和被冤枉成色狼沒有兩樣。

我絕對不會和那些先烈們犯下同樣的錯誤。

明明什麼也沒做卻得受到不當又沒天理的對待，既然早知如此……！

——這種時候就是要逆向思考，只要真的不是冤枉就沒問題了。

我聽得見惠惠沉穩的呼吸聲。

糟糕，怎麼有點小鹿亂撞了起來。

我現在打算做的事情好像相當不得了啊。

但是，我希望大家多想一下，我又不是無欲無求的聖人，而是隨處可見、精力旺盛的普通男生。

這樣一個健全的男生和毫無防備的美少女睡在同一床被褥裡面，怎麼可能不出差錯。

最重要的是，搞成這種狀況的是她老媽。

沒問題，告得贏。

條件如此齊全的話，即使得在審判當中面對那個瑟娜，我肯定也贏定了……！

我心意已決，決定付諸行動。就在這個時候——

惠惠張開了她的大眼睛，然後帶著依然昏昏欲睡的眼神看著身旁的我，試圖掌握現況。

「早安，睡得好嗎？」

「啊……早安，和真……呃，我大概睡了多久啊……？」

現在的時間已經過了半夜。

雖然還不到深夜，但是距離惠惠說讓她睡一下，然後就躺下去不省人事的那時，差不多已經過八個小時了吧。

我如此告訴惠惠，她便隨口說了聲「原來如此」……

接著，似乎是赫然驚覺了現在的狀況……

「……所以，我為什麼會跟和真睡在同一床被褥裡面？」

於是便看著天花板這麼說。

我也同樣看著天花板說：

「……太害羞了，我不好意思說。」

「是怎樣！」

聽我這麼說，惠惠整個人跳了起來。

「喂，別掀被子啦，很冷耶。妳先冷靜下來啦。」

「你也太鎮定了吧！我可是睡醒了之後發現自己躺在懷念的老家房間裡，而且身邊還是和真耶！這教我怎麼可能冷靜得下來……！」

說著，惠惠迅速伸手摸了摸自己的身體。

大概是在檢查有沒有被怎樣吧。

然後，這才露出一臉放心的表情……

「喂，妳以為我真的是會趁妳睡著的時候對妳怎樣的下流之徒嗎？我從很久以前就一直這麼覺得，在妳們的心目中，我到底是怎樣的人啊？都一起生活超過一年了，我還不是沒對妳們出手。剛才也是，達克妮絲那傢伙因為我要和妳一起睡，不知道把我說得多難聽。」

我用最小的動作把惠惠跳出去的時候翻開來的被子重新拉好。因為太冷了，所以我在只有頭探出被窩的狀態下這麼說。

對此，惠惠一時語塞：

「嗚……這、這個嘛……說的也是，對不起……因為剛醒來就發現事情變成這樣，讓我有點慌亂……說、說的也是，和真的性騷擾頂多都只是開玩笑，並不是會在這種不得了的狀況下真的會對我怎樣的那種人嘛。」

說著，惠惠露出略顯安心的微笑。

而我依然維持著只有頭探出被窩外的狀態，對這樣的惠惠說：

「那是當然，可別誤會我啊。再說了，我之所以會在這個房間裡，也是被妳媽關進來的好嗎？她從背後把我推進來，還從外面用魔法鎖住了門。所以，我在無可奈何之下，才鑽進了妳的被窩。」

聽我這麼說，惠惠沉沉嘆了口氣。

感覺像是想通了一切似的。

「那個人也真的是……」

在惠惠雙肩一垮，如此嘀咕時，我掀開被子，拍了拍自己身邊的空間說：

「就是這樣，快進來吧。會冷耶。放心吧，我不會對妳怎樣啦。」

聽我這麼說，惠惠的表情瞬間一僵。

然後，她低下頭來，壓低了聲音……

「……你真的不對我怎樣嗎？難得我們兩人獨處耶。」

說出這種耐人尋味的台詞。

咦？

這、這是什麼意思，我可以怎樣嗎？

而且她在野營的時候還握住了我的手，我的桃花期果然來了嗎！

我用力推翻了自己才剛說過的話喊道：

「笨蛋！難得兩人獨處，我怎麼可能不對妳怎樣！我可是已經有妳老媽的許可了喔！」

不知為何，惠惠聽了之後衝向窗戶，然後說：

「我就知道！今天我去睡芸芸家！」

「啊啊！混帳，居然挖坑給我跳！」

惠惠從房間的窗戶跳到外面去，就這樣消失在黑暗之中。

第四章

為無法成眠的夜晚找到大義名分！

1

隔天早上。

送了惠惠的父母出門工作之後，吃完早餐的我們在起居室休息。

「惠惠、惠惠。難得來了這麼一趟，妳帶我們在村子裡觀光一下嘛。」

阿克婭對早上才從芸芸家回來的惠惠這麼說。

「觀什麼光啊……這個村子正在和魔王軍交戰耶，妳懂不懂啊？」

我翻了個白眼這麼說，不過昨天才剛看見紅魔族蹂躪魔王軍的光景，也不能怪阿克婭會說出這種話就是。

「我無所謂啊。反正村里似乎沒什麼問題，其實就算現在找人用瞬間移動魔法送我們回阿克塞爾都沒關係了吧。不過既然阿克婭都這麼說了，不如今天就在村子裡悠閒地晃一晃，多待一晚好了。」

畢竟，就連首當其衝的紅魔族都這麼說了。

「是喔，有人可以用瞬間移動魔法去阿克塞爾啊。那就好，這樣回程就輕鬆多了。」

對我而言，這真是最棒的消息。

這樣我就不用經過半獸人的地盤了。

「**垃圾真**先生好像非常開心呢。所以，我要請惠惠帶我去觀光，你們打算怎麼辦？」

「這個嘛，反正也沒什麼事情要做，我也一起…………喂，妳剛才叫我什麼？」

我忍不住看向阿克婭，只見她歪著頭，一臉不解地說：

「我剛才說了什麼奇怪的話嗎？」

「沒、沒有……大概是我聽錯了……吧……？算了。達克妮絲有什麼打算？」

被我這麼一問，達克妮絲放下鎧甲的保養工作，並且說：

「我想去一個地方。聽說紅魔之里有個工夫很不錯的鐵匠。身為鎧甲愛好者，我一定要去看一下。**人渣真**就和大家就去觀光吧，不用管我。」

「這樣啊，我知道…………喂，妳剛說什麼？」

「那要去觀光的就是阿克婭和**下流真**兩個人囉。這個村里有很多觀光景點，保證你們不會無聊……」

「妳們給我等一下啊，混帳——————！」

聽我放聲怒吼，阿克婭一臉不解地說：

「怎麼了嗎，企圖對睡著的惠惠毛手毛腳的**垃圾真**先生？」

「非常抱歉……！」

我瞬間崩潰，雙手掩面，低頭道歉。

看來在我起床之前，昨晚的事情已經傳進她們兩個耳中了。

可是，我也是個健全的男生，人家都準備好那種狀況了，才是難以抗拒吧。

而且和女生睡在同一床被褥卻什麼都不做，那才算是失禮吧？

我憤慨地如此侃侃而談，結果……

「——我看你還是再去被半獸人襲擊一次吧。」

換來惠惠以視如草芥的睥睨眼神。

2

後來又過了一段時間，我在紅魔之里僅有的咖啡廳請惠惠大吃大喝了一頓，她才願意和我說話。之後，她帶我們來到一個地方，然而……

「這是怎樣。」

這是我開口說出來的第一句話。

惠惠帶我們來到一棟看似神社的建築物裡，說「這是我們村里祭拜的神像」，並且給我們看了一樣東西……

「這怎麼看都是貓耳學校泳裝少女的公仔嘛。」

煞有其事地供奉在神社深處的，是一尊美少女公仔。

「很久很久以前，我們的祖先救了一位遭到怪物襲擊的旅人……當時，那位旅人給了祖先當成謝禮的，就是這尊神像。據說，那位旅人表示：『對我而言，這是比生命還要貴重的神物』。雖然不知道是何方神祉，但祖先心想拜了總會有什麼庇佑，才會像這樣恭敬地供奉在這裡。這種名叫神社的設施，好像也是那位旅人告訴祖先的。」

那個旅人，肯定是日本人吧。

「和真，看見美少女公仔和我一樣都被當成神，讓我覺得有點火大耶。」

「把帶著這種東西過來的傢伙送到這個世界來的妳，才應該向紅魔族道歉吧。」

——看了我們的反應而感到有些不解的惠惠，接著帶我們來到的景點是……

「這是傳說中能夠讓拔起來的人得到強大力量的聖劍。」

「不愧是紅魔之里！居然有這麼厲害的東西！」

她帶我們來到插著一把劍的岩石旁邊。

獲選之人拔起這把劍，就能得到傳說中的力量……就是在電玩當中常見的那種名劍吧。

「話、話說，我可以試著拔拔看嗎？」

「是無所謂，不過那應該還得過很久才拔得出來喔，而且還要付挑戰費給打鐵舖的大叔才行。你想挑戰的話，還是多等一段時間再說吧，而且一個人只能挑戰一次。」

惠惠對興奮不已的我這麼說……

還得過很久才拔得出來？

付挑戰費給打鐵舖的大叔……？

「那不是只有獲選的勇者能夠爬出來的劍之類的嗎？啊，是不是時間過得越久，封印也會變得比較沒那麼嚴密，比較容易拔出來……」

「那把劍是打鐵舖的大叔為了吸引觀光客而打造出來的聖劍。上面施加了魔法，會在第一萬位嘗試拔劍的人挑戰的時候剛好拔得出來。現在挑戰者人數應該還只有幾百個吧。畢竟那把劍是差不多四年前打造出來的。」

「喂，這把聖劍的歷史也太短了吧。」

我沒好氣地這麼說，而阿克婭在我面前靠近了那把劍，開始鑑定起來。

「吶，我的魔法好像可以解開這把劍的封印耶。乾脆把這把劍帶回去好了。」

「別、別這樣好嗎，這是村里的觀光資源之一，請不要隨便帶走！」

——接著，我們來到一處位於樹蔭底下的小泉水旁。

「這是人稱『許願之泉』的泉水。這處泉水有個傳說，只要獻上斧頭或錢幣當成供品，就可以召喚出掌管金銀的女神。因此，現在還是偶爾會有人來這裡丟斧頭或錢幣進去。」

這好像混了在我們的世界那個有名的童話在裡面吧。

「也不知道是誰散播這種傳聞的……要不是親切的打鐵舖大叔會定期清理泉水的話，泉水現在早就長出一座鐵山了。」

「……順便問一下，那位打鐵舖大叔清出來的硬幣和廢鐵都怎麼處理？」

「當然是回收再利用，當成武器、防具的材料啊。」

我好像知道散布謠言的元凶是誰了。

「好了，我們去下一個觀光設施……奇怪？阿克婭上哪去了？」

對耶，阿克婭確實不在。

這時，泉水的表面掀起一圈圈漣漪——

「……只是一個沒注意而已，妳這個傢伙在幹嘛啊？」

隨後那個自稱水之女神便從泉水中央探出頭來。

看來她是趁我們不注意的時候潛進泉水裡了。

「聽說有人會丟硬幣，我就想說下去撿撿看……吶，到了觀光季節的時候，你們可以暫時僱用我當這個泉水的女神喔。」

「好啊，這樣的話我現在就丟斧頭進去，妳給我把它變成金斧頭。」

我正在找附近有沒有東西可以丟的時候，阿克婭往我身上潑了水。

「你們兩個別玩了，我們還要去下一個地方，走了啦！」

——接著，她帶我們來到一個看起來沒什麼特別的通往地下的入口。

要打個比方的話，就像是防核掩體的入口似的……

「這裡是封印了『足以毀滅世界的武器』的地下設施。這裡究竟是從什麼時候開始存在於此的已經不可考了……不過有一個說法是，這是和那邊的神祕設施同時建造而成的……」

惠惠提到神祕設施的同時所指的地方，確實有著一棟神祕的巨大設施。

那是什麼啊？看起來很像鋼筋混凝土建築呢。

「神祕設施是什麼？那個設施到底有什麼用途？」

「神祕設施就是神祕設施。用途成謎，是什麼人為了什麼目的所建、究竟是什麼時候建造完成的也是謎。探索過裡面之後也完全搞不清楚，所以族人都稱那個是神祕設施，也不打算拆掉那裡。」

這個村里到底是怎樣啊。

「足以毀滅世界的武器啊……竟然有聽起來這麼恐怖的東西。也罷，紅魔族是一群魔法高手，這裡的封印應該沒那麼容易解除才對，或許是保管那種東西的最佳處所了吧。」

正當我這麼說的時候……

「惠惠，除了這裡以外，還有沒有什麼厲害的東西沉眠在這個村里的哪裡啊？」

「你們來晚了一步。以前還有『封印邪神之墓』啦、『無名女神遭封印之地』之類的地方，但是幾經波折之後，那兩個地方的封印都被解開了。」

「你們這裡的封印簡直形同虛設嘛！喂，那個足以毀滅世界的武器放在這裡安全嗎？」

「放、放心啦，想解開那個設施的封印，必須解讀現在已經沒有人看得懂的古代文字寫成的謎題，並且輸入正確解答才行……別、別用那種眼神看我啦，真的沒問題，相信我！」

——惠惠說想繞去一個地方，便帶著我們來到某間店的前面。

這間店應該是服飾店吧。

店外掛著一塊畫著衣服標誌的古色古香的招牌，透過門上的玻璃，可以看見穿著黑色長袍，長相很有威嚴的老闆。

惠惠走進店裡之後，老闆瞄了我們一眼……

「哎呀，歡迎…………嗯嗯？惠惠，那邊那兩位該不會是從外面來的人吧？」

然後一面這麼問，一面以銳利的視線盯著我們看。

阿克婭因為害怕他的視線，迅速就躲到我背後。

是、是怎樣，我們做了什麼嗎？

還是說，他是那種對外地人有偏見的人嗎？

正當我緊張得心跳加速的時候，惠惠點了點頭。

於是，老闆便突然站了起來，在狹小的店內巧妙地揮了一下披風。

「吾乃切K烙！身為大法師，擅使上級魔法，乃紅魔族首屈一指的服飾店老闆！」

這裡的人是不是都只會這樣自我介紹啊？

一臉認真地報上名號之後，服飾店的老闆便露出滿足的笑容說：

「那麼重新來過，歡迎光臨！好久沒見到外地人了！我上一次報名號都是什麼時候了啊！多虧有你們，讓我舒爽多了。」

……所以那是報爽的就對了。

「我叫佐藤和真。話說，紅魔族首屈一指的服飾店聽起來真是厲害呢。」

或許是我這麼說對他非常受用吧，老闆笑瞇瞇地說：

「喔，因為紅魔之里的服飾店就只有我這一家嘛。」

「你要我啊。」

我忍不住吐嘈了。

「這個村里原本就沒有幾間店。服飾店只有我這一間，鞋店也只有一間。其他店家也完全沒有競爭對象啊。」

那個叫綠花椰宰的人好像也說自己是紅魔族首屈一指的鞋店之子是吧。

我以狐疑的眼神看著惠惠，她便尷尬地別開視線。

「先別說這些了。妳今天怎麼會來啊？有什麼要事嗎？」

聽老闆這麼說，惠惠開了口：

「其實是這樣的，我想買替換用的長袍，有和我現在穿的這件同款的嗎？這件長袍是芸芸以前送我的，可是只有這一件，總是不太方便。」

說著，惠惠將身上的長袍展示給老闆看。

「——這種長袍啊，剛好有一批剛完成染色的喔。」

老闆帶著我們來到掛在曬衣竿上的長袍前。

曬衣竿上掛著好幾件和惠惠身上的同樣款式的長袍。

「總之，我就把現場有的全都帶走好了。」

「全部？哦，那個惠惠竟然出手這麼闊氣……看來妳現在是個很成功的冒險者呢！」

「是啊，我的名字也差不多該傳回這裡了才對。而且這件長袍等於是我的戰袍，當然是多多益善……所以說，即將變成有錢人的和真，借我錢吧。」

「妳、妳這個傢伙……算了，反正暫時應該不會再來這裡了，就買吧。」

一次賣掉大量商品而一臉喜不自勝的老闆，將掛在曬衣竿上的長袍收了下來。

然後，看見那個原本以為是曬衣竿的東西，我不禁叫了出來。

「……喂。」

「……？怎麼了嗎？」

惠惠露出一臉不知道這曬衣竿有什麼事的表情。

「我說，這是……不，等一下，你們怎麼會拿這種東西來當曬衣竿啊？」

「哎呀，客官，你知道這是什麼東西嗎？這是我們家代代相傳、歷史悠久的曬衣竿。怎麼用都不會生鏽，相當好用呢。」

老闆笑瞇瞇地這麼說，但是……

阿克婭看了那個東西一眼，興致勃勃地說：

「這怎麼看都是步槍嘛。」

就是說啊。

尺寸和曬衣竿相當、充滿壓迫感，而且又長又大的一挺步槍，被當成曬衣竿來用。

對這個村里的人而言，這大概不像是武器吧。

話說回來，貓耳神社的那尊神像也好、這把步槍也好、鋼筋水泥建成的神祕設施也好……這個村里到底是怎樣啊？

3

離開服飾店後，我們在村裡四處晃晃，最後爬上一座略高的山丘，坐在草地上休息。

「這裡的視野真不錯呢——早知道就帶便當來野餐了！」

「如果想欣賞美景的話，山頂有個展望台。那個展望台設置了性能超強的望遠魔道具，任何時候都能夠窺視魔王城。最推薦的監視點聽說是魔王之女的房間。」

「你們還真不是什麼好東西耶，就連魔王城都拿來做生意啊。」

躺在草地上的阿克婭說：

「惠惠，這裡的景觀是不錯，但我是請妳帶我們去個有氣氛的地方耶。」

「這裡是個很有氣氛的地方喔！這座山丘叫『魔神之丘』。相傳在這裡告白而結合的情侶，將因為魔神的詛咒而永世不得分離，是非常受到情侶們喜愛的浪漫觀光景點……」

「沉重死了，好可怕！一點也不浪漫啊！……等等，那是什麼？」

在這座山丘上，能夠清楚看見村里的全貌。

那裡不是村子口，而是比較旁邊的地方——

就在惠惠家旁邊不遠的地方有一道木製柵欄，而柵欄外側有黑影在蠢動著。

我一時好奇，用千里眼技能一看……

「喂，惠惠，那裡有魔王軍的爪牙耶！而且那裡是惠惠的老家附近吧！」

惠惠她們家在村里的角落，和其他住宅稍有距離。

就在那個足以稱為郊外的地方，一群疑似魔王軍的傢伙鬼鬼祟祟地聚集在柵欄外面。

既然警報並未響起，就表示紅魔族還沒發現他們。

「我看看喔……那些學不乖的傢伙又來了啊。都被修理得那麼慘了卻又發動這次襲擊，真不知道他們的目的是什麼。瞧他們那副鬼鬼祟祟的樣子，看來目的並不是攻擊村民，而是為了村里的設施而來的吧？」

村里的設施……？

「我記得妳說有個封印了邪神還是什麼的墳墓對吧？說到比較像魔王軍的目的的話，大概就是讓邪神復活了……不過，封印已經解開了吧？」

「是已經解開了沒錯。所以，我們這個村里應該已經沒有什麼魔王軍的幹部會想要的東西了才對……難不成他們想要的是貓耳神社的神像……！」

「要是魔王真的想要那種東西的話，魔王軍還是和這個村里一起滅亡吧。」

不過，這樣一來，他們的目的到底是什麼呢？

「他們想要的其實是那個足以毀滅世界的武器吧？」

「那才是最不可能的。畢竟那個設施不同於其他地方，施加了特殊的封印，而且還有一個最根本的問題，就是誰都不知道要怎麼使用那個武器。」

為什麼這個村里會有那種東西啊？

「總之，村里的人好像還沒發現他們。再這樣下去，他們真的會闖進去！我們還是趕快下山告密，把那些魔王軍的爪牙在那裡出沒這件事告訴村里的人們吧。」

「不愧是和真，毫不掩飾自己狐假虎威、凡事靠別人的本性！」

隨便妳怎麼說啦！

我們帶著在路上遇見的村民一起來到惠惠家，只見……

「這個女人是怎樣！她到底是從哪裡冒出來的啊！而且她到底想怎樣！」

「席薇亞大人！這個傢伙既不去求救、也沒有強大的攻擊手段，不知道到底有什麼目的。這或許是個陷阱，請大人退下！」

打破柵欄的魔王軍，和舉著大劍的達克妮絲互相對峙。

「只要我還活著，你們休想通過這裡！無論如何都想通過這裡的話，你們就打倒我吧！但是，我可不會輸給你們魔王軍！」

「這個女人真是太礙事了，攻擊只會落空卻耐打到不行！乖乖棄戰逃跑不就得了！席薇亞大人，還是別管這個傢伙了，先去達成我們的目的吧！」

看來，是回到惠惠家的達克妮絲聽見魔王軍在破壞柵欄的聲音，並幫我們爭取了時間。

打破柵欄的魔王軍被擋在他們前面的達克妮絲這麼一攔，無法成功入侵。

對於達克妮絲出乎預期的表現，我有點感動，心想這個傢伙也是會成長的。

「達克妮絲，多虧有妳撐住！我們來幫妳了！」

「和、和真？什麼嘛，已經有人來了啊……」

但達克妮絲卻是語帶失望地這麼說……

是我太笨了，我真不該感動。

「就在我聽說令人期待的半獸人只剩下雌性的時候，竟然連魔王軍的幹部也是女的！喂，你們這些傢伙！再怎麼說也是魔王的手下吧，讓我瞧瞧你們的骨氣啊！有本事就讓我屈服，叫你們主人啊！」

「妳還是閉嘴吧。難得有點表現又被妳自己搞砸了。」

看見我帶了紅魔族來，與達克妮絲對峙的那些魔王軍都變得臉色蒼白。

這時，那個名叫席薇亞的幹部走上前來，護著自己的部下說：

「原來……妳是故意用那種大開大合的攻擊，讓我們誤以為妳沒什麼實力，其實是在拖延時間、等待援軍到來啊。既然妳的防禦力高到能夠撐這麼久，看來應該是等級相當高的十字騎士……妳的攻擊之所以沒有命中我的部下，也是為了不被看穿真正實力的演技嗎？要是一開始就看出妳是等級這麼高的十字騎士，我們也會立刻撤退吧……真有妳的。」

「是……是啊。既、既然被妳看穿了……我也沒辦法……了吧……」

那位受到莫名誤會又不擅長說謊的大小姐，以求救的眼神不住瞄著我。

我的身後，有著法力高強的紅魔族大師們。

既然達克妮絲也被誤會了，這個時候就來嚇唬他們一下好了。

「妳叫席薇亞吧。那個十字騎士是我的同伴，是個在我們和魔王軍幹部巴尼爾決戰時，甚至承受住爆裂魔法的強者。竟然能在這麼短的時間內看穿她的實力，算妳厲害……」

「惠惠，和真好像開始亂說話了耶。」

「噓！看起來好像很有趣，多觀察一下吧，他說不定也會吹捧我們呢。」

某兩個人在我身旁輕聲交頭接耳。

紅魔族的人們也是一副興致勃勃的樣子，似乎也想看事情會變成怎樣。

好，那我就來回應一下惠惠的期待好了。

「……巴尼爾？的確，我聽說他去阿克塞爾之後就沒回來了。難道是你們把他……？」

席薇亞露出驚愕的表情，魔王軍也同時後退了一大步。

「沒錯，而且給了他最後一擊的正是我身旁的惠惠。」

聽我這麼說，不只席薇亞有反應，連紅魔族們也開始交頭接耳了起來。

正當惠惠的嘴角因為我這番話而忍不住上揚的時候——

「不僅如此。無頭騎士貝爾迪亞、死亡劇毒史萊姆漢斯，就連大型懸賞對象——機動要塞毀滅者也是……！都是我們四個解決掉的！」

「你、你說什麼！……貝爾迪亞的事情我知道，但是什麼時候連漢斯都被解決掉了？想想最近都沒有來自阿爾坎雷堤亞的定期聯絡，也許你所言不假……！」

原來如此，畢竟紅魔之里和阿爾坎雷堤亞之間的距離只有幾天路程而已啊，會互相聯絡也很正常。

或許是感覺到我的話語有相當的可信度，席薇亞忿忿地咬了嘴唇說：

「……看來你是統整這隻小隊的要角呢。能不能告訴我你的名字？」

名、名字啊。再怎麼樣我也不想被魔王軍記住名字啊。

要是被通緝了怎麼辦？

「……我叫御劍響夜。給我記好了。」

「御劍！原來啊……這樣就說得通了。說到魔劍士御劍，我也聽過這個名字……看你腰間配著那把奇怪的劍，應該是本尊沒錯。聽說你是個很有男子氣概的型男，怎麼本人看起來不太起眼啊？不過，你姑且還算是我喜歡的類型喔……話說回來，不只紅魔族，再加上你的話也太難應付了。今天就先放我們一馬好不好？」

席薇亞似乎誤以為我的日本刀是魔劍，正好蒙混了過去。

御劍就算遭到通緝應該也不會怎樣吧。

不如說，看來他的名字早就被魔王軍記住了。

「……這個男人在最後關頭退縮了耶。而且竟然還報了別人的名字。」

「因為背後有紅魔族在撐腰就囂張了一下，但終究還是有點害怕吧。」

旁邊的人很吵耶。

「好吧。直接這樣打起來的話，肯定是我們會贏吧。但是在這裡打倒妳，感覺也像是借助紅魔族的力量似的，讓我覺得不太爽快。我個人今天是可以放你們一馬……話雖如此，這也得要那些在後面等的紅魔族願意才行喔。」

說著，我露出大膽的笑容……

「謝謝你，御劍，後會有期！到時就是我們一決勝負的時候！我的名字是席薇亞。魔王軍幹部，席薇亞！……撤退！」

「別讓他們逃走了！『Lightning Strike』！」

「『Light of Saber』！」

「把他們抓起來當成魔法的實驗對象——————！」

席薇亞他們轉身逃走，而紅魔族們都追了上去。

目送著和部下們一起逃走的席薇亞，我感慨萬千地喃喃自語：

「——魔王軍幹部，席薇亞啊……」

「喂，和真，你還要演到什麼時候啊？」

「這個大姊姊很厲害喔！中了箭和魔法還是活蹦亂跳的！」

5

——當天晚上。

決定在惠惠家多住一個晚上的我們，在吃完晚餐之後，聽著米米稱讚達克妮絲今天的精采表現。

「沒、沒有啦，怎麼說呢……身為十字騎士，那點小事是理所當然……」

平常不太習慣聽別人稱讚自己的達克妮絲，在起居室高雅地跪坐著，一面聽米米這麼說，一面紅著臉，看起來相當害臊。

「我聽說了，達克妮絲小姐，妳好像阻止了席薇亞的入侵吧。這個小隊真是太可靠了，這樣我也能放心將小女交給和真先生了。所以，和真先生，關於今天分配房間的方式……」

太太一面這麼說，一面一點一點逼近我的時候，我察覺到一件事。

「對了，飄三郎先生上哪去了？」

「外子說還沒完成的工作太多了，所以今天晚上想睡在我們家的工坊……那麼，我先去燒洗澡水好了。」

太太輕描淡寫地這麼說，然後迅速離開了現場。

剛才大家一起吃晚餐的時候，飄三郎明明還說「我擔心小女，所以今天晚上我要和和真先生一起睡」之類的，鬧著脾氣呢。

……難不成是太太又出手了嗎？

「話說回來，你放話的時候很帥氣呢，和真。我們下次真的要和席薇亞一決勝負喔！」

「是啊。其實我已經請這個村里的優秀打鐵師傅為我打造一副現在最流行的新鎧甲了。好像過幾天就可以完成。呵呵，我好期待新鎧甲還有和席薇亞的對決喔……！」

惠惠和達克妮絲握著拳頭對我這麼說。

而我斷然否定了她們兩個的發言說道：

「妳們在說什麼傻話啊？明天就要回去了喔。反正已經觀光過了，也沒必要繼續待在這裡了吧？我們一大早就回去，宅在家裡滾來滾去吧。」

「「咦咦！」」

聽我這麼說，惠惠和達克妮絲都出乎意料似地驚叫出聲。

聽著她們驚叫，一點一點喝著酒，配著毛豆的阿克婭說：

「嗆聲的時候那麼跩，現在卻想贏了就走人嗎？人家還跟你說後會有期不是嗎？」

「那個幹部長得那麼美，我是有點捨不得，但這種時候還是安全為上。回到家裡就有安全的泡沫經濟尼特生活等著我，我幹嘛特地留在這裡，等魔王軍的幹部來找我啊？」

「你、你這個傢伙！先是那樣要帥結果又來這招！」

「道別的時候讓人家那麼期待，然後就要回去了嗎？再怎麼說，這樣也太過分了吧！」

兩人如此咄咄逼人，但我說：

「不，正是因為原本就打算明天回去，我才試著耍帥一下。想說反正也不會再見面了。不然我哪敢對魔王軍幹部那麼危險的傢伙說那種話啊？就是因為在安全的紅魔之里，背後又有紅魔族的大家撐腰，我才會那麼說嘛。」

「這個男人真是太低級了！太過分了！」

「你這個傢伙，這樣還算是人嗎！」

正當我摀著耳朵，假裝沒聽見兩人的批評時——

「各位，洗澡水放好了……哎呀，怎麼了嗎？」

「沒什麼。啊，那我先去洗囉。」

「喂，等一下，別想逃！」

「我的話還沒說完耶！」

不顧背後傳來的謾罵聲，我快步走向浴室。

——洗完澡一身清爽地回到起居室的我，正好撞見阿克婭一臉暖烘烘的樣子，準備前往分配到的寢室。

「奇怪？妳怎麼一臉暖烘烘的，一副剛泡完澡的樣子？」

「我到外面的澡堂去洗了澡啊。聽說這附近有間名叫『混浴溫泉』的很大的澡堂，所以我就去了。」

喂，我可沒聽說有那種地方啊。明天就要回去了耶，看妳要怎麼補償我？

正當我糾結著是否該多待一天再回去的時候……

「惠惠，都已經這麼晚了，妳想去哪裡？媽媽可不允許妳一個年輕女孩在外面過夜！妳今天不也是早上才回來嗎！」

「對於一個年輕女孩而言最危險的就是我們家，所以我才要外宿！反正，妳今天也打算讓我跟和真一起睡吧！」

「哎呀，和真先生沒問題的。妳要相信媽媽的眼光，他一定能夠回應我的期待……」

「我看妳的眼睛是瞎了吧！不對，妳是看穿了那個傢伙的個性才這麼說的吧！所謂回應媽媽的期待，也是那麼回事囉！」

玄關那邊傳來惠惠和太太的爭吵聲。

「雖然不知道是怎麼回事，不過我要先睡囉。當我洗好澡回來時達克妮絲也睡著了。」

或許是因為喝了酒吧，阿克婭一副很想睡的樣子，打著呵欠走回房間。

仔細一看，達克妮絲確實不自然地睡翻了。

不說了，這一定是太太……

「繼續講下去也只是白費唇舌！我去睡芸芸家！」

「別想逃走，『Ankle Snare』！」

「妳、妳想怎樣！竟然對親生女兒用魔法，這樣還算是當媽媽……」

「『Sleep』。」

太太施法的聲音響起，同時傳出重物落地的聲音。

不一會兒，太太跑來笑瞇瞇地對我說：

「不好意思啊，和真先生。小女在奇怪的地方睡著了……能不能請你幫我把她搬回房間去呢？」

6

——怎麼辦？

說真的，面對這種狀況，我到底該怎麼辦才好？

「喂，惠惠，別裝睡了，妳其實醒著吧？」

我叫了躺在身旁正在熟睡的惠惠。

當然，惠惠沒有回應，我也早知道會這樣。

儘管昨天才剛發生過那種事，不過今天應該已經可以順其自然了吧？

我原本就是個會順應當下狀況，並隨波逐流的人。

乾脆就這樣順水推舟，能推進多少算多少好了。

我回想起野營的時候，惠惠突然握住我的手，於是便聽著她平穩的呼吸聲，在被窩裡輕輕握住她的手。

惠惠的手摸起來涼涼的，感覺有點舒服。

……我想到了。

直接這樣猛然硬上的話，我就只是個罪犯。

首先，我想要一個正當的理由，讓我可以合理地在惠惠的被窩裡磨磨蹭蹭。

……這時，我靈機一動。

昨天晚上，惠惠醒來的時候，我以天氣還很冷為理由，縮在被窩裡；既然如此，只要這個理由是事實，就不算藉口了。

只要讓房間裡面的溫度，降到只有縮在被窩裡才承受得了的程度就可以了。

現在的我，擁有能夠實現那個狀況的力量。

沒錯，我之所以得到了這個力量，恐怕就是為了這一天吧。

我右手握著惠惠的手，將頭和左手伸出被窩，對著房間的窗戶詠唱了魔法：

「『Freeze』——！」

我幾乎灌注了體內所有的魔力，全力施展了凍結魔法。

魔法輕而易舉地凍結了房間窗戶的表面，使整扇窗蓋上一層厚達幾公分的冰。

同時，房間裡面也隨之急速變冷。

喔喔，對了！

窗戶結凍之後，現在惠惠也沒辦法像昨天晚上一樣從窗戶逃走了。

太完美了。

不是我要自誇，這個計畫真是太完美了！

就在我如此感到開心的時候……

「……嗯……」

或許是施展魔法的時候喊太大聲了吧，惠惠好像醒過來了。

「早啊，睡得好嗎？」

「……早安。奇怪？這裡是我的房間？」

依然和我牽著手的惠惠似乎還昏昏沉沉的，睡眼惺忪地環視著這個房間。

然後，她好像發現自己和我牽著手。

「噫————！你終於跨過那條不應該跨越的界線了嗎！禽獸！和真是禽獸！虧我還以為你這個沒種的傢伙只敢搞些輕微的性騷擾，對於最後的界線即使想跨越也辦不到耶！」

惠惠猛然跳出被窩，淚眼汪汪地怒罵我。

「喂，等一下，我什麼都沒做！不過是握了妳的手，而已不必這樣大聲嚷嚷吧！妳不覺得房間裡面比昨天還冷嗎！只是因為太冷了，害我忍不住握了妳的手罷了！」

聽我這麼說，惠惠這才感覺到房間有多冷，整個人抖了一下。

然後，她檢查了自己的身體，臉隨即紅了起來。

「真、真的嗎？可是話又說回來，畢竟昨天才剛發生過那種事情，我還沒有辦法馬上相信你就是了。」

「笨蛋，妳以為妳被弄睡之後過多久了啊？我一直像這樣乖乖等妳醒來耶。」

「這、這樣啊？不好意思，和真，我又對你產生不必要的誤會了。說的也是，要是和真有那個膽量跨越界線的話，之前打賭過那麼多次早就拿出來當條件，對達克妮絲伸出魔爪了吧……這樣說好像有點失禮喔，真抱歉。」

在朦朧的月光底下，惠惠一臉歉疚地對我這麼說。

「沒、沒關係，我不介意。不過，我還是要說，妳們也差不多該向我道聲謝了吧？妳們平常明明又沒對我多好，我卻總是在幫妳們收拾爛攤子。」

所以，讓我嘗嘗這點甜頭也沒關係吧。

正當我準備接著這麼說的時候。

看見月光底下的惠惠的臉龐，我頓時語塞。

「……道謝啊。說的也是呢。」

惠惠平常只會對我生氣、對我翻白眼、對我投以憐憫的眼神……她平常只讓我看見諸如此類的表情。

然而現在卻難得露出符合實際年齡的少女神情，對我露出微笑。

奇、奇怪？

她露出那麼坦率的表情，反而讓我緊張了起來。

「……那個時候，是你收留了我這個差點在阿克塞爾流落街頭、只會用爆裂魔法的麻煩魔法師，謝謝你。在我用了魔法、無法動彈的時候，你總是背著我回去，謝謝你。明明我老是給你添麻煩，你卻還是讓我待在隊上，謝謝你。」

平常老是頂撞別人、個性好戰的惠惠，前所未見地坦然這麼說。

與黑髮呈現對比的白皙臉頰，微微泛出一抹紅。

紅魔族之名的由來，那雙紅色的眼睛閃著夢幻般的光芒。

「怎麼了？我只是道謝而已啊。明明就是你叫我道謝的，結果自己是在害羞什麼啊？」

見我整個人僵在原地不動，惠惠以調侃的語氣對我這麼說。

怪了？總覺得這樣好令人害臊啊。

平常對我的態度那麼糟糕，卻突然這樣正式向我道謝，我反而傷腦筋啊。

儘管心裡感到困惑，我依然說：

「……不、不客氣。不過，那個，說來說去妳們也幫了我不少。用妳們的方式來說的話……**吾乃佐藤和真。身為阿克塞爾首屈一指的最弱職業，乃是一天到晚被捲入麻煩之人。終將獲得鉅款，打算和妳們過著歡樂又奇怪的生活之人**……今、今後也請多關照！」

明明是自己決定要說的，說到一半我卻害羞了起來。而惠惠對著這樣的我咯咯笑了笑。

「彼此彼此，今後也請多關照了……話說回來，今天真的非常冷耶。沒辦法，這間房子這麼破舊，可能有縫隙透風進來吧……那個，和真什麼都不會做吧？真的好冷喔，我也要鑽進被窩裡去囉。」

說著，惠惠微微紅著臉，慢吞吞地鑽進被窩裡來。

她在這種氣氛之下鑽進被窩裡來，害我緊張到不行。

的確，今天是很冷。

這也是沒辦法的…………

……到了這個節骨眼，我才想起冰封的窗戶。

要是被她發現的話，我到底該如何說明才好？

要是她看見窗戶的話，好不容易上漲的和真股肯定又要暴跌了。

我剛才到底是哪根筋不對勁，才會做出那種笨蛋才會做的事情啊？

或許是有點自暴自棄了吧。

也不知道我在心裡這麼想，惠惠整個人緊緊貼到我身邊來。

這比她剛才睡在我身邊的時候還要靠近。

「……惠、惠惠，這、這樣好像有點太近了……」

我感受到不同於剛才的緊張，而惠惠調侃了這樣的我說道：

「平常明明老是對我性騷擾，這種時候卻畏畏縮縮的。而且，我剛才不是說了嗎？和真什麼都不會做吧？既然如此，這樣又有什麼關係。」

是沒關係。

是啦，確實是沒什麼關係。

可是經過剛才的對話，而且她現在又這麼信任我，要是在這種狀態下看見那扇冰封的窗戶，總覺得她應該會憤怒到非比尋常吧。

正當我這麼想的時候，有個冰涼的感覺包住了我的右手。

似乎是換惠惠主動握了我的手。

「呃……喂，年輕小女生不可以這麼積極啦。像野營的時候也一樣，妳突然對我做這種事情，會害我心跳加速啊……昨天，達克妮絲才對妳們家的爸媽說過喔。若要引述她說的話就是……讓妳和我一起睡，就和把一頭看起來很可口的羔羊，丟進絕食一星期的野獸的籠子裡面沒有兩樣喔。」

在寒冷的房間裡卻莫名冒汗的我，因為緊張而以拔高的聲調這麼說。

對此，惠惠噴笑，然後說：

「達克妮絲這樣說啊？可是她之前的說法是，和真是碰上真的能做那種事情的狀況的話，反而會開玩笑蒙混過去的窩囊廢耶？」

那個臭婆娘——！

「吶，妳平常和達克妮絲兩個人獨處的時候，都在聊些什麼啊？我不會生氣的，妳說說看吧。」

聽我這麼說，惠惠顯得有點慌張，然後撇過頭去。

「……喂，反正肯定沒說什麼好話吧？」

「都是祕密啦。別、別說這些了，還是睡覺吧。明天要回阿克塞爾了吧？明天早點回去，好好休息吧！」

這個傢伙，竟然想蒙混過去。

……這時，已經鑽進被窩裡的惠惠，不好意思地說：

「……我去一下廁所。」

說著，她爬出被窩，站了起來。

……不對，等一下。

「啊，喂，妳老媽今天也從外面……」

後面的「上了鎖」還沒說出口，惠惠已經露出苦笑。

然後……

「真受不了那個人……放心吧，今天也從窗戶出去…………」

惠惠看著窗戶，整個人僵住。

……我閉上耳朵，鑽進被窩裡，整個人縮成一團。

沒錯，現在正是發動潛伏技能的時候。

就在我這麼做的時候，惠惠看著窗戶，茫然地說：

「……和真，這到底是怎麼一回事？」

「……冬將軍剛才路過這裡，凍結了窗戶之後就離開了。」

惠惠一把掀開我賴以藏身的被子。

「和真，這是怎麼回事！不，這根本是和真搞的鬼吧？我知道這肯定是和真幹的好事，但是我完全搞不清楚你有什麼意圖！你凍結窗戶到底是為了什麼！」

好冷！

被子被搶走之後真的好冷。

依然縮成一團的我不敢直視惠惠。

「……如果我老實說的話妳就不會生氣嗎？」

「如果你什麼都不說的話，明天早上大家看你的眼神會比今天早上更加鄙夷。」

——於是我一五一十地招了出來。

「……你是笨蛋嗎？和真到底是腦袋很靈活很聰明，還是很白痴啊？請把我剛才的感謝之意還來。」

「我無話可說。我也不知道自己怎麼會繼昨天之後又在今天幹出那種傻事。」

或許是因為最近一直在外旅行，讓我的腦袋出了點問題吧。

惠惠貼到冰封的窗戶前面，輕輕敲了幾下。

我使盡全力施展的凍結魔法，似乎讓冰層保有輕敲也不會破裂的厚度。

惠惠見狀，便衝到門邊大喊：

「開門啊！快……開門啊……！媽媽——媽媽——！」

她一面大喊，一面用力敲門。

但是，家裡面依然是一片平靜，沒有任何人醒來的跡象。

因為很冷，我以最小的動作重新蓋好棉被，並且說：

「……這樣好了，這麼冷，還是來睡覺吧。放心，我什麼都不會做，相信我吧。**而且如**

果妳真的忍不住想上廁所的話，那邊有個空瓶啦。」

「說清楚，你想叫我拿空瓶做什麼！應該說，剛才的和真還算可以相信，但現在我感覺到自己面臨著空前的危機！真是夠了……！」

惠惠一面扭來扭去，一面怒罵。

剛才的好氣氛都不知道消失到哪裡去了。

「是我不好，我不會對妳怎樣啦。我之所以對窗戶施展『Freeze』，是因為那時的心情有點煩躁。我已經在反省了，是我不對。」

聽我這麼說……

「至少先從被窩裡爬出來再說那種話好嗎……」

儘管惠惠帶著有點死心的語氣這麼說，終究還是因為太冷了，鑽進被窩裡來。

「呀呼！」

「和真，你最好給我記住，等到明天早上你就知道了。」

惠惠帶著閃閃發亮的紅眼如此警告開心的我。

偉大的前人們曾經說過這麼一句話。**「明天的事情，明天再想」**。

我決定遵循這句偉大的名言，活在當下。

剛才還主動握住我的手的惠惠，現在縮在棉被的最邊緣，背對著我。

感覺就像進入倦怠期的夫妻一樣。

「……喂，妳不會冷嗎？我會冷耶，再靠過來一點嘛。」

「……真想要你把剛才的好氣氛還來。」

惠惠嘆了口氣這麼說，而我盡量壓低音量開了口：

「『Freeze』。」

「在喊冷的傢伙又用了凍結魔法！你到底有多想和我貼在一起啊！」

惠惠傻眼地如此怒罵之後……

「唉……枕頭只有一個，給和真睡好了。不過，你的手臂要借我躺。」

然後像是看開了似地這麼說，同時貼到我身邊來。

「嗚、喂，妳突然這樣乖乖貼過來，我也有點傷腦筋啊。」

沒有理會我說的話，惠惠擅自把我的右手當成枕頭，拉高棉被蓋過頭，還把臉也埋進我的胸膛。

就這樣維持著把臉貼在我的胸口的狀態……

「難怪達克妮絲會說你是**『碰上真的能做那種事情的狀況的話，反而會開玩笑蒙混過去的窩囊廢』**呢。」

惠惠在被窩裡這麼說，咯咯笑了笑。

……咦？

這表示，惠惠也不是沒那個意思嗎？

果然，我的桃花期來了……！

正當我抱持著些許期待時——

『魔王軍來襲！魔王軍來襲！似乎已經有部份魔王軍入侵到村里內部來了！』

……看吧，我就知道。

7

聽見這陣騷動的太太，一臉失望地解開門鎖。

我只抓了日本刀就衝出了惠惠家。

然而，我才剛離開惠惠家，就看見渾身是傷的席薇亞。

「呼……呼……！還差一點！就差那麼一點點了……！……哎呀，沒想到偏偏在這種地方遇見你！真有你的！你沒有被部下的聲東擊西釣中，反而察覺到我的目的，才來找我的對吧？御劍……」

「吵死了，閉嘴啦。」

身穿睡衣沒穿鞋的我，握著已經出鞘的日本刀的手自然下垂，一點一點逼近席薇亞。

聽我這麼說，席薇亞又回嘴：

「竟敢叫我閉嘴？就算你是魔劍士，區區人類，竟敢對我……」

「我不是叫妳閉嘴了嗎混帳，欠扁啊！明明就是妳壞了我的好事在先，妳這個人是怎樣！妳知不知道現在幾點了啊？也不想想會打擾到別人，蠢貨！」

打斷了席薇亞的話之後，我帶著有生以來最大的怒意，對魔王軍的幹部發飆。

「對、對不起……！」

被真心暴怒的人類這麼一罵，席薇亞不禁瞬間畏縮了一下，但又立刻回過神來回嘴：

「你這個傢伙居然敢對我發脾氣，膽子不小嘛。我就連那位小姐一起對付好了。」

我因為她這麼說而轉過頭去。

出現在眼前的是手握法杖的惠惠，她不知道什麼時候跟著我跑出來了。

席薇亞瞇起閃著黃色光芒，一雙有如野獸般的眼睛，呈現著扭曲的線條。

乍看之下只是一位美女的她，到底是什麼種族啊？

既然白天也能行動，應該不是吸血鬼囉。

耳朵是尖的，會不會是惡魔族之類的啊？

她手上沒拿武器，不過腰間掛著一條看似繩索的東西，不知道要用來做什麼。

我憑著好事被打擾的憤怒，擋到惠惠面前護著她。

席薇亞見狀，舔了一下舌頭，露出妖豔的笑容說道：

「哎呀呀，難不成你原本是和那個女孩在忙嗎？那還真是不好意思了。」

席薇亞語帶挑釁，但依然對於我和惠惠抱持警戒。

而且她不時瞄著我的日本刀看，看來她對我還有誤解。

「我說啊——！三更半夜的，為什麼這麼吵啊！發生什麼事了嗎？是惠惠睡昏頭發了爆裂魔法嗎？」

阿克婭似乎也因為這陣騷動醒了過來，從門口探出頭。

「喂，阿克婭，魔王軍的幹部攻進來了！妳去叫飄三郎先生或太太來！」

阿克婭聽我這麼說，再次縮回家裡去。

席薇亞壞了我的好事，真想砍她個一刀。

「別以為自己是美女我就會放水！基於真正的男女平等，只要對方是個混帳，就算是女人我也照樣飛彈踢！」

「哎呀呀，那還請手下留情呢！而且居然說我是美女啊，聽了真開心！害我忍不住想偷偷把你吃掉了！」

原本想先用土和風的魔法摧眼那招連段對付她，但我剛才幾乎把所有的魔力都用來幹蠢事了，用不了什麼魔法。

我將衝出房間時順便帶上的背包，像是要傳給席薇亞似地拋向她。

「哎呀，這是什麼？送給我的禮物嗎？」

席薇亞沒有閃躲我拋過去的背包，輕而易舉地單手接住。

而面對我同時發動的斬擊，席薇亞儘管已經少了一隻手，卻還是用空著的那隻手接住了我的刀。

喂，真的假的啊，魔王軍幹部！

輕鬆接下我的愛刀的席薇亞一直抓著刀身，不肯放開。

不一會兒，席薇亞露出一臉不解的表情說：

「……這是魔劍？而且劍技也不怎樣……吶，你真的是那個御劍嗎？這種東西，就是那把魔劍格拉墨？」

糟了，因為武器的品質和劍術的程度，害我的真實身分轉眼間就要曝光了！

不，還沒，這種時候只要再唬她一下……！

「是啾啾丸。」

「……啥？」

就在我打算開口蒙混過去之前……

「我說，那把刀的名字叫做啾啾丸。那是名符其實的普通名刀啾啾丸。請不要把啾啾丸和那把叫做什麼格拉墨的來路不明的魔劍混為一談。」

幫我的日本刀取了那個怪名字的始作俑者，氣憤地如此多嘴。

「呵呵……啊哈哈哈哈哈！你不是那個魔劍士御劍吧？能不能告訴我你的本名，還有用了假名的理由呢？」

席薇亞開心地笑這麼說，真不知道她是覺得哪裡好笑。

「……我的名字是佐藤和真。之所以用了假名，是因為覺得如果名字被你們知道的話，可能會被你們通緝。」

「啊哈！啊哈哈哈哈哈！你真是太棒了，這種想法真是太妙了！我喜歡！」

聽了我的答案之後，席薇亞像是被戳到笑點似地捧腹大笑。

這時，阿克婭猛然推開門，從裡面探出頭來。

「吶，我進去的時候太太正在叫醒達克妮絲，我已經要她立刻出來了！」

在我回應阿克婭之前，抓著刀的席薇亞突然收手。

因為事出突然，我來不及放開手，踏著不穩的腳步被拉往席薇亞那邊。

我連忙放開刀子，但為時已晚。

我已經整個人撲向席薇亞，臉埋進了她的胸口。

席薇亞丟掉手上的刀，將我擁入懷中。

真是太感謝……

不對，不是這樣，這是陷阱！

沒錯，就算是這麼一個巨乳又暴露又高大但整體而言身材還是很勻稱又苗條的美女，我也不該樂昏頭啊但真是太感謝了！

臉埋在席薇亞的胸口的我試著力不從心地掙扎了一下，但是……！

「乖乖的別動！『Bind』！」

我之前好像在哪見過這招拘束技能。

對了，是那個看起來像盜賊的冒險者用過的技能！

這個傢伙，該不會是盜賊系的魔王軍幹部吧？

我半張臉還埋在那對碩大的胸部裡，不一會兒就被席薇亞掛在腰間的繩索綁住上半身。

在緊貼著席薇亞的狀態下被繩索一圈一圈捆住，讓我瞬間只想就此定居在這個地方。

「我就把這個男人當成人質帶走了！那位紅魔族小姑娘，我不知道妳為什麼不用魔法，

但是在這個狀態下施展魔法的話，這個男人也會遭到波及喔！」

「妳……！和、和真！你還好……看起來就很好的樣子。應該說莫名幸福的樣子。」

惠惠的眼神變得越來越冰冷，但這是不可抗力因素啊，所以妳還是救救我吧。

不用太快沒關係，不過還是救救我吧。

「哦——？妳看起來滿像惡魔的嘛！我不會讓妳逃走的，那個把臉埋在妳胸部裡面一臉舒爽的傢伙是我重要的……！重要的……和、和真！我跟和真是什麼關係啊？這種時候該說哪種耍帥台詞才對？」

正準備施展某種魔法阻止席薇亞的阿克婭如此大喊。

她好像是在紅魔之里待久了，受到這裡的人的影響，想要說些台詞來耍帥的樣子。

隨便啦，重要的同伴還是什麼的都可以，快點救我啦。我原本想對她這麼大喊，但臉埋在席薇亞的乳溝裡面，不太方便說話。

……最近，我到底是怎麼了？

從芸芸說想和我生小孩開始，到今晚的這個狀況。

先是芸芸、半獸人，接著惠惠、席薇亞。

半獸人算是懲罰的一種，不過這樣正負相抵之後依然算是幸運到有剩。

我的桃花期果然來臨了嗎！

還是我唯一的長處，超高的幸運值終於發揮作用了呢？

正當我把臉埋在乳溝裡，隨遇而安的時候……

「喂，小弟，不要一直往我身上噴熱氣嘛，害我整個人都跟著燥熱起來了。只要你乖乖的，晚一點我就好好獎賞你。」

不會錯的，我的桃花期來臨了。

「可、可是，這樣我喘不過氣……！」

幸福是很幸福，可是這樣我沒辦法呼吸。

正當我試圖以蠕動的方式換個姿勢的時候。

「『Sacred Exorcism』！」

阿克婭的突襲魔法，在完全疏忽大意的席維亞身上發威了。

隨著她的吶喊聲，一到巨大的光柱從我和席薇亞的正下方往空中升起。

當然的，我也被光芒籠罩……！

「唔！啊啊啊啊啊——！」

席薇亞驚聲尖叫。

但是，同樣籠罩在驅魔魔法之光當中的我完全沒事。

相較於毫無反應的我，中了魔法的席薇亞身上的洋裝變得越來越破爛。

「竟、竟然來陰的……！害我這身用下級惡魔的皮縫製成的洋裝都泡湯了……！不過，很遺憾的，我並不是純粹的惡魔。這招確實很痛，但還不至於造成致命傷。不過我還是把話說在前頭，下次再有人發動攻擊的話，這個男孩就沒命了！」

變成半裸的席薇亞如此威脅阿克婭之後，迅速幫我鬆綁，然後將胸部抵在我的後腦勺，緊緊貼著我。

看來是因為我剛才抗議無法呼吸，於是她好心地這麼處理。

「**吾乃席薇亞！身為強化怪物開發局局長，乃一再對自己的身體進行合成與改造者！沒錯，我是成長型合成獸，席薇亞！**那麼，我要帶走這個男人了！可愛的小弟，讓我們再次合而為一吧？『Bind』！」

什麼吾乃席薇亞……看來這個人也在和紅魔之里的人長期交戰之下中了他們的毒了呢。

席薇亞在大喊的同時，再次以繩索綁住我。

老實說，我現在手上沒有武器，又被敵人制住背後，實在沒有任何抵抗的方式了。

於是我毫不掙扎，任憑繩索綑綁我，為了被綁起來舒服一點還高舉了雙手。

「和、和真！把和真還來……！……和真，你剛才沒怎麼掙扎就再次遭到綑綁，應該不是故意的吧？」

「當然不是。」

後腦勺陷在席薇亞的巨乳之間的我斷然這麼說。

因為席薇亞的身材高大，即使後腦勺在胸部的位置，我依然處於一個腳踩不到地的高度，在懸空的狀態下與她合為一體。

這種恰到好處的舒適感和安心感是怎麼回事？

感覺就像是找到夢寐以求的安居之地似的。

惠惠對這樣的我投以漠然的冷淡視線，就在這個時候。

「唔……！我居然在這種時候犯下了大錯……！」

聽見這個熟悉的聲音，我轉過頭去，看見沒穿鎧甲、一身休閒打扮的達克妮絲，上氣不接下氣地站在那邊。

她身上穿的是單薄的黑色襯衫和窄裙，手上只拿著大劍。

看來她是被太太叫醒之後就連忙衝出來了吧。

睡覺的時候頭髮被壓得有點凌亂的達克妮絲，站到阿克婭身前護住她，然後以凌厲的眼神瞪著席薇亞：

「魔王軍的幹部！這個家裡的人已經去叫其他紅魔族了。援軍抵達這裡只是時間早晚的

問題。妳還是把那個將後腦勺埋在妳的胸部之間、閉上眼睛一臉幸福的樣子的、無可救藥的男人留在這裡，自己離開吧！如果妳無論如何都需要人質的話……我……！我願意代替那個男人！拜託妳，抓我代替和真當人質吧！」

聽達克妮絲突然這麼說，席薇亞開心地揚起嘴角：

「哎呀哎呀，真是個罪孽深重的小弟呢！你有兩個關係那麼親密的對象啊？不過，這可不行。我喜歡上這個男孩了。吶，你叫和真吧？你願不願意跟著我一起投靠魔王軍啊？和你在一起的話，我想應該可以處得很開心吧。」

說著，她溫柔地摸了摸我的頭。

「……吶，不知不覺間，和真好像和敵人變得很親密耶。敵人還摸他的頭耶。」

阿克婭傻眼地這麼說，接著達克妮絲也嘆了口氣表示：

「……喂，和真。你到底是為什麼會黏在那種地方？真是的……我看你是一時疏忽吧？八成是被那個女人的胸部給迷惑了對不對？你這個傢伙還是死性不改，我們馬上把你救回來，你乖乖的……」

「不用麻煩了。」

……………………

「「「「咦！」」」」

我立刻回應達克妮絲，讓在場的四個人不禁異口同聲地驚叫。

看著她們的反應，我像是躺在高級沙發上般，緩緩讓後腦勺陷進席薇亞豐滿的胸部裡。

「我說不用麻煩了。喂，妳們幾個，尤其是達克妮絲。最近對待我的態度越來越隨便了嘛？啊？這位席薇亞小姐，可是喜歡上我了呢。真是的，鑒於妳們最近對待我的態度實在太差，害我差點就想要倒戈到魔王軍那邊去了喔，快道歉。妳們也差不多該對總是非常努力的我道歉了吧！惠惠剛才已經因為我平常對她的照顧，向我道謝過了喔。快點，道歉啊！」

我對達克妮絲這麼說。

對於我這番有如正在鬧脾氣的阿克婭的發言，達克妮絲發呆了一會兒之後說：

「嗚……喂，和真，別開這種不好笑的玩笑。這種話被你說起來一點也不像玩笑話。不、不過……最近我對你的態度，確實是過分了一點喔？嗯，我對惠惠的家人介紹你的時候，或許是說得過分了一點。抱歉。對了，這麼說來，你上次說想要勳章對吧？沒錯，你的功績確實是相當彪炳，好，我知道了，回到阿克塞爾之後我一定……」

「給我拿出誠意來！事到如今就別再用東西引誘我了，給我確實拿出誠意來！妳仔細看清楚現在這個狀況，魔王先生那邊的席薇亞小姐可是端出碩大的果實來吸引我呢。妳的長項

是什麼？說說看啊！說啊，快點說說看！」

打斷了達克妮絲的發言，我趁著這個大好機會放話。

達克妮絲儘管有點畏縮，卻還是帶著不安的表情怯生生地說：

「防、防禦力……？」

「不對吧！妳的長處是過度引誘男人的煽情身體吧？妳裝什麼傻啊？自以為清純啊！」

「吶，那個男人已經沒救了。就連語氣也變得好奇怪，乾脆送給魔王軍算了。」

「不、不可以啦，就算是那種人，面臨緊要關頭還是很可靠。」

聽我這麼說，阿克婭和惠惠竊竊私語了起來，不知道在商量什麼。

我想，一定是在盤算該如何把我救回去吧。

這時，被我這麼一說，達克妮絲顯得很害羞，低調地伸手遮掩自己的身體，然後說：

「我、我才沒有……！這、這才不是在引誘男人……！」

對於哭喪著臉如此反駁的達克妮絲，我說：

「明明就有！真是的，哪有人的身材那麼寡廉鮮恥的！告訴妳！今天晚上是我的幸運值漲到最高潮的日子！我看這大概是我一生當中最大的桃花期了！快點道歉！現在處於桃花期、狀況又好到不行的我就快要被席薇亞小姐拐走了喔，如果妳不希望這樣的話，就乖乖道歉！我想想……比方說……！」

首先要穿短裙版的女僕裝！
んっ
然後要無微不至地照顧我。
禁
不只衣服，連內衣褲都要幫我穿好！
對妳而言，稱呼我為主人只不過是獎賞罷了，
所以要叫我超強又超帥的和真大人！

要是犯了錯當然要接受懲罰！
一般的懲罰對妳而言肯定不夠看，所以每犯一次錯，妳就得擺出煽情的姿勢這麼說！
※喵——
ニ※
ャ
ん
對不起，超強超帥的和真大人…！
請原諒我這個不中用的十字騎士…！

越講越起勁的我說了這番讓達克妮絲不知所措的話之後，席薇亞忽然就把手放在我的頭上說：

「太棒了……正如我所料，你果然是個好男人！吶，我真的好想把你帶回魔王軍去喔！可是，你不要這樣欺負那個十字騎士小妹嘛，你應該多了解一下所謂的女人心喔。」

席薇亞這麼說，惹得達克妮絲瞪了她一眼說道：

「明明是個魔族，倒是很了解人類女子的心情嘛……我看不出魔族的歲數，不過這是因為妳身為女性長久以來的經驗嗎？」

達克妮絲舉著劍如此挑釁，而席薇亞一副她在說廢話的樣子回應：

「哎呀，我當然了解囉。女人心和男人心我都懂。」

喔喔，不愧是魔族的美女，魅惑人心的魔女對於男人心和女人心都很懂是吧。

席薇亞一邊摸著我的頭……

「因為，我有一半是男性嘛。」

一邊理所當然似地這麼說。

「…………啥？」

我無法理解剛才聽見的話語，轉頭這麼問席薇亞。

不知道是不是這個村里有什麼地方燒起來了，微弱的火光照亮了天空；同時，我也注意到一件事情。

席薇亞的下巴……

還有臉頰周圍也是，隱約露出些許青色…………

「哎呀，你沒聽清楚嗎？」

席薇亞回應了我的發言。

他戴在尖突的右耳的藍色耳環閃閃發亮……

「我是合成獸。你最喜歡的這對胸部，也是後來才合成上去的喔。」

嘴裡則稀鬆平常地說出這種話。

我的腦袋正在努力想要假裝沒聽到她剛才說出的事實。

並正在排斥試圖理解的動作。

不，可是……這就表示……

我從剛才開始，就是在對男人的胸部感到興奮，然後……

咦？…………奇怪？

「……和、和真？那、那個……振、振作，你振作一點喔！……好不好？你要振作喔！

沒、沒關係的，保持冷靜……保持冷靜……！」

聽著惠惠這番微弱的聲音。

我回想起以前不知道從哪裡聽來的說法。

只有右邊耳朵穿耳洞的男人，好像……

「不過，你真是個好男人呢……光是像這樣撫摸你，我的心和下半身就一直好興奮。」

在他這麼說的同時……

或許是因為身高有差距吧，我的臀部正好和席薇亞的下腹部互相接觸。

而那個地方……

「席薇亞小姐、席薇亞小姐，或許是我多心了，不過好像有東西抵著我的屁股耶。」

聽我這麼說……

席薇亞有點害臊地說出在日本頗為知名的那句台詞……

「我是故意抵上來的呀。」

——我的腦袋停止活動。

第五章 為可恨的遺物獻上爆焰！

1

「喂，你醒醒啊。」

有人不斷搖晃我，讓我頓時驚醒。

看來我是作惡夢了，而且惡夢的內容還是被人妖惡整……

「……唔喔喔喔喔喔喔！住手，席薇亞，不准靠近我！小心我宰了你！」

「等、等一下，你冷靜一點！別擔心啦，我不會對你做什麼奇怪的事情。我已經甩開紅魔族的人了，所以你可以走了。因為你白天也放了我一馬。」

聽席薇亞這麼說，依然抱持著警戒的我總算稍微恢復了冷靜。

然後，我察覺到四周毫無人跡。

我四處張望了一下，發現這裡是我曾經來過的地方……

「這裡是紅魔之里地下機庫的入口，是紅魔族封印『足以破壞世界的武器』的地方。」

席薇亞一邊對我這麼說，一邊拿出某種魔道具。

「……那是什麼？」

「呵呵，像你這麼厲害的男人，應該猜得到這是什麼吧？這叫『結界破壞器』，這樣你就知道了吧？」

也就是說……

「你們之所以用那麼魯莽的方式嘗試闖進這裡，目的就是為了搶走那個武器囉。」

「答對了。聽說有種強大的魔道武器，沉眠於這裡的地底下。如果那種武器的特性真如傳聞所說，那對這個村里的人們而言可以說是天敵吧。」

沉、沉眠在這裡的到底是什麼東西啊？

「可是我聽說這裡的封印很特殊，任何人都無法解除。而且，就連武器的使用方式也沒有任何人知道。」

「是喔。不過沒關係，我準備的結界破壞器在魔族擁有的魔道具當中也是特別強大的一種。即使是諸神施加的封印也能夠……哎呀？這、這就奇怪了。」

說著，蹲在機庫前面的席薇亞，手上拿著魔道具，困惑地驚叫。

「魔道具毫無反應！這到底是什麼啊？這不是用魔法施加的封印！這、這下子該如何是好啊……」

席薇亞拿著魔道具，不知所措了起來。

我在一旁偷看了一下那個封印，發現那是個觸控面板，上面羅列著英文字母、數字，還有類似電視遊樂器的十字鍵的東西。

觸控面板上方的部份，以我熟悉的文字寫了一個句子。

「『小並指令（KONAMI）』……？這是怎樣，是要輸入小並指令嗎？」

「你、你看得懂這種古代文字嗎！」

聽了我的自言自語，席薇亞驚叫出聲。

不，什麼古代文字，她在說什麼啊？

話說，這不就只是日語而已嗎？

小並指令應該就是那個小並指令吧。

就是日本的知名遊戲大廠小並的那個，同樣很出名的指令密碼。

「不，這是我的故鄉的文字。照這樣看來，通關密碼應該是要輸入名叫小並指令的知名隱藏指令吧……」

說到這裡，我赫然驚覺不對，正想舉手摀住嘴巴，手卻被席薇亞抓住。

「看來，你是個超乎我想像的男人呢。就連我和紅魔族都無法解除的封印，沒想到你卻能夠解開箇中祕密……」

「再、再怎麼說，我好歹也是冒險者，別以為我會輕易透露情報給魔王軍。剛才有個大祭司對吧？那個傢伙連復活魔法都會喔，威脅我也不管用……」

「想套出情報可不是只能靠脅迫和暴力喔。呵呵，經常有人說我的技巧不下夢魔呢。來吧，看你能夠承受這種歡愉到什麼……」

在席薇亞說完之前，我已經毫不猶豫地輸入了小並指令。

隨著轟隆作響的機械聲，沉重的門扉逐漸開啟。

「……你這樣還算是人嗎？算、算了，我也不能在這裡花太多時間。好暗喔，裡面不知道是什麼狀況。」

席薇亞一面窺伺裡面的狀況，一面摸索著照明。

他就在我的面前，毫無防備地背對著我。

……就算我手上沒有武器，這樣也太大意了吧。

不過，空手的我，攻擊手段也只有「Drain Touch」就是了。

「奇怪？是不是逃跑的時候掉在哪裡了啊。這下糟了，以我的夜視能力，在完全黑暗的情況下實在是看不太清楚……」

無意間，我察覺到一件事。以現在的狀況，我也沒必要戰鬥。

我躡手躡腳地走到席薇亞背後。

「吶，你身上有沒有照明用具……」
對著正在說話的席薇亞。
咚！
「咦？」
——將他推進一片漆黑的地下機庫裡面。

2

「————！————！————！」
席薇亞不知道在大吼大叫什麼。
同時，他在入口再次關上的機庫裡面，用力敲打著門。
「和真！你沒事啊！席薇亞在哪裡？」
我聽見背後傳來的聲音，轉頭一看，一臉慌張的惠惠她們已經趕到這裡來了。
一行人當中還有芸芸和綠花椰宰等熟面孔，大概是惠惠叫來的吧。
「你們很慢耶。席薇亞已經在我華麗的機智之下，被我關進這裡面了。這扇門好像沒辦法從裡面打開，就這樣擺著一個月不理他，應該就會安靜下來了吧。」

聽我這麼說，惠惠聽著裡面傳出來的些微叫罵聲，帶著有點退縮的表情說：

「你、你把他關進裡面了？也罷，他再怎麼厲害，應該也沒辦法啟動裡面的武器才對。因為沒有任何人知道啟動方式。不過，席薇亞竟然能夠解除封印啊。」

……還是別讓他們知道封印是我解開的好了。

「魔、魔王軍的幹部會被關在這裡面變成乾屍啊……再怎麼說，被這樣打倒好像也太可憐了……」

達克妮絲看著從裡面被敲打的門，心生憐憫之意。

「那個席薇亞從我們手上逃走好幾次，你竟然抓得到，很厲害嘛，外地人！」

「這些人好像已經解決掉三個魔王軍幹部了，看來席薇亞對他們而言只是小菜一碟！」

在聚集到這裡來的紅魔族們紛紛這麼誇獎我們的時候，阿克婭說：

「和真，這裡不是保管了很危險的武器的地方嗎？把那人妖關進這種地方沒問題嗎？」

聽阿克婭這麼說，紅魔族的人們表示：

「不會怎樣啦——那個的使用方式就連我們都無法解讀了，席薇亞更不可能辦得到。」

「是啊，要是席薇亞有辦法啟動那個武器的話，我就倒立繞這個村子一圈。」

「好了好了，回去喝一杯吧！」

「……吶，這些人是故意說這些的吧？紅魔族是不是有主動招惹麻煩之類的習性啊？你們就這麼喜歡插旗嗎？」

「這、這個嘛，紅魔族喜歡招惹麻煩這點我是不否認啦，但是應該沒問題吧。裡面也沒聲音了，搞不好他已經缺氧昏倒了。」

經她這麼一說，我仔細一聽，不知不覺間，剛才的叫罵聲已經沒了。

我總覺得有種不祥的預感，不過應該沒問題吧？

他們都說了，任何人都無法啟動裡面的武器……

「嗯？喂……和真，地面好像在搖晃耶？」

達克妮絲用力踩了踩地面，同時這麼說。

「喂，好像不太對勁啊！我有種不祥的預感！我看還是先逃跑比較好吧……！」

「等一下啦，你是怎麼了，和真？我們好不容易打倒了魔王軍的幹部耶。吶、吶，這次雖然是和真一個人打倒的，不過我們是同一個小隊，獎金還是平分好不好？好嘛？呵呵，席薇亞的獎金要拿來買什麼呢！」

看著滿心歡喜地說著這種話的阿克婭，我終於肯定絕對會發生什麼事情。

「妳這個傢伙每次都這樣，為什麼一定要插旗啊！喂，惠惠、達克妮絲！我們暫時撤退！不對，應該直接請紅魔族的人用瞬間移動魔法送我們回阿克塞爾……」

我的話才說到一半的時候，地面突然隆起，四下開始塵土飛揚。

在煙塵瀰漫之中，月光映照之下……

「啊哈哈哈哈哈！真有你的啊，小弟！不過，你以為我們只是想把武器拿出來而已嗎？我的名字叫席薇亞！如你所見──」

現身的是下半身化為金屬色的蛇型軀體……

「無論是武器還是什麼，我所擁有的能力都能夠將其融為自己身體的一部分，與自己合而為一……我就是魔王軍幹部之一！成長型合成獸席薇亞！」

志得意滿地放聲大笑的席薇亞──

「是『魔術師殺手』！『魔術師殺手』被占據了！」

紅魔族放聲慘叫。

魔術師殺手？

「啊哇哇哇，糟糕了和真，糟糕了啦！我們快逃吧，現在立刻逃離這裡！」

剛才的威風不知道消失到哪去了，臉色蒼白的惠惠用力拉著我的袖子。

應該說，我們身邊還有其他胸有成竹的紅魔族在。

他們一定還有什麼絕招──

「喂，她竟然搬出『魔術師殺手』來了！」

「捨棄這個村里吧！這下完蛋了！」

「『Teleport』！」

好像沒有的樣子。

「喂，惠惠，這是怎麼回事，說明一下！魔術師殺手是什麼？那個很不妙嗎？那個就是足以毀滅世界的武器嗎？」

我沒有理會四處逃竄的紅魔族，抓著抗壓性不足的惠惠不住搖晃。

「足以毀滅世界的武器應該不是那個……！可是，和席薇亞融為一體的那個也是同等危險的東西，叫作『魔術師殺手』……！」

同樣臉色蒼白的芸芸說：

「具備魔法無效的特性，是我們紅魔族的天敵，對付魔法師專用的武器！」

——沒救啦。

3

在情侶最愛的魔神之丘上，和紅魔族一起來此避難的我們，俯視著在眼下熊熊燃燒的紅魔之里。

「村子……燒起來了……」

聽見這個低語聲，我轉過頭去，看見一個戴著和惠惠很像的眼罩的女孩，一臉悲傷地緊緊盯著紅魔之里。

外型變得像拉彌亞一樣的席薇亞從嘴裡噴出熊熊燃燒的火焰，將村里染成一片火紅。

紅魔族的人們多半都能夠使用瞬間移動魔法，所以沒有人員傷亡。

然而，村里的住宅區已經陷入一片火海了。

看著眼前的情景，我的胸口附近有點痛。

這、這是因為我解除了封印？

不，可是，在那個狀態下我也只能那樣做了啊。

再說了，要不是他們說兵器的啟動方式和使用方法都不詳，我又怎麼會為了明哲保身而解除封印……

「話說回來，席薇亞到底是怎麼解開那個封印的啊？」

不知從哪冒出來的這個聲音，害我不禁嚇得抖了一下。

「大概是帶了結界破壞器來吧？可是，那個封印應該就連結界破壞器也無法處理才對啊……」

接著又有人這麼說，讓正在看著村里熊熊燃燒的我心跳加速，這時……

「無論如何，我們只能放棄這個村里了。讓魔王軍稱心如意確實讓人不太高興，不過只要活著就能重新開始。」

族長一臉認真地這麼說。

……怎麼辦？

在這種氣氛之下我到底該怎麼辦啊？

糟糕，原因果然是我嗎？

都怪我隨便解除了封印？

「吶、吶，惠惠。那個魔術師殺手真的無法對付嗎？」

苦惱之餘，我這麼問站在身旁的惠惠。

「我剛才也說過了，魔術師殺手正如其名，是對付魔法師用的武器。魔法幾乎對那個東西起不了作用。相傳，很久很久以前，突然失控的魔術師殺手大肆作亂時，我們的祖先使用現在封印在地下機庫的武器，好不容易才破壞了它。因為機會難得，祖先決定將魔術師殺手留作紀念，於是便將它修理好之後，再次施加了封印……」

「為什麼要因為那種無聊的理由把那麼危險的東西珍藏起來啊！不對……等一下，妳是

說能夠對抗魔術師殺手的武器現在也沉眠在那個機庫裡面？」

用毒的人也會帶著解毒劑行動。

為了在失控時保有阻止的手段，在保管魔術師殺手的地方也留下了足以破壞它的武器。

類似的事情我也經常聽說，仔細想想這也是很合理的事情。

為了保險起見，紅魔族的祖先一定也保管了那個武器，以便在魔術師殺手再次啟動時將其破壞。

既然如此，只要使用那個武器——

或許是察覺到我的想法了吧……

「……和真，很可惜，解決了魔術師殺手的那個武器的使用方法，也沒有任何人知道。村里是留有據說記載了使用方法的文獻，但就連我們的族長也無法解讀上面的文字……」

惠惠一面將村子燃燒的模樣烙印在眼中，一面這麼說。

紅魔族的智力那麼高，一定早就想到這個方法了。

既然魔法無效，老實說我們真的無計可施。

蛇身的部分之巨大，就連高大的席薇亞看起來都變嬌小了。

要是達克妮絲以外的人類被那巨大的蛇身纏住，肯定立刻變成肉醬。

……沒辦法了嗎？

正當我這麼想的時候……

「嗯……那麼由我來當誘餌，吸引席薇亞的注意好了。只要有紅魔族們的掩護，我應該沒那麼容易被殺掉才對。」

說出這種蠢話的，當然是我們隊上那個四肢發達頭腦簡單的傢伙。

「妳在說什麼啊？已經無計可施了妳懂不懂啊？妳是笨蛋嗎？就連哥布林都知道不打贏不了的戰鬥了，難道妳的腦袋比哥布林還要笨嗎？」

「看、看來，回到阿克塞爾之後我得和你來場決鬥才行！你剛才對我口出惡言，我也全都牢記在心裡！再說，我是真的想到辦法才這麼說的。」

……想到辦法？

「在我吸引她的注意的期間，具備夜視能力的你和阿克婭就用潛伏技能潛入遭到破壞的地下機庫裡，然後把那個武器從機庫裡搬出來。」

「……可是那個關鍵武器人家不是都說沒有人知道使用方法了嗎？妳到底有沒有在聽人家說啊？」

我不耐煩地這麼說，但達克妮絲反駁：

「我當然聽到了，也聽懂了。但是，只要知道使用方法就有辦法突破困境了吧？既然如此，與其袖手旁觀，不如採取行動。放心吧，雖然不知道那是個怎樣的武器，但身為貴族的

我對魔道具該如何使用還算略知一二。以前，我也曾經用敲的修好父親大人的魔道相機。」

聽了這位大小姐超乎想像的頭腦簡單發言，我感覺到一陣暈眩。

「……這個辦法好。來試試看吧。」

但出乎意料的，我原本以為最有可能反對的惠惠竟然出言附和。

「孤注一擲，我也不討厭這種感覺！」

「不如說是我們最喜歡的發展！你們明明是外地人倒是很懂嘛！」

不僅如此，就連紅魔族的人們也群情激動了起來。

看來這個計畫挑動了他們的神經。

平常聽見這麼危險的事情，我肯定是毫不考慮地拒絕，然而剛才那個眼罩少女落寞的神情，卻一直在我腦海中揮之不去。

可是，不過就是溜進去一下，把那個什麼武器搬出來而已嘛，這樣就能贖罪的話……！

「吶，魔王軍的幹部就在村子裡鬧事卻要我潛入那種地方，太危險了吧，我可不想幹！我的工作是待在安全的地方負責支援吧！」

「別鬧脾氣了，跟我一起去啦！要我一個人找東西很累耶！」

拖著心不甘情不願的阿克婭，我前往了位於神祕設施旁邊的地下機庫……！

4

為了吸引席薇亞的注意，紅魔族從遠方發射了各式各樣的攻擊魔法。

村里的人們採取的戰術是在席薇亞靠近之後便拉開距離，然後再次發射魔法。

但是每招魔法都沒有生效，無法對席薇亞造成傷害。

「無謂的掙扎莫過於此，我還以為你們紅魔族是更聰明的種族呢。」

席薇亞扭動金屬的身軀，如此調侃紅魔族。

逆轉了立場的席薇亞似乎是想展開虐殺，以洗刷過去的心頭之恨。

但是，即使席薇亞語帶調侃，實際上卻一直無法攻擊到保持距離戰鬥的村民們，看起來頗為焦急。

或許是還不習慣和蛇型武器融為一體的身體吧，她的移動速度極為緩慢。

這時，焦急的席薇亞對著幾名紅魔族吸了一口氣。

然後眼中燃起猛烈的殺意與敵意，對著那幾個人噴出灼熱的火焰。

眼看著熊熊燃燒的大火就要包圍紅魔族之際，其中一個人立刻大喊：

「『Teleport』！」

瞬間，那幾名紅魔族的身影在遭到火焰吞噬之前便消失了。

他們大概是事先將負責瞬間移動的人和負責攻擊的人分配在一起，負責瞬間移動的人先完成詠唱待命，以便在事態緊急的時候能夠隨時脫身。

在這樣的情況下，試圖攻擊的瞬間卻被獵物逃走而感到煩躁不已的席薇亞，盯上了一名女子。

不顧其他依然對他發射魔法的人，只是一直追著離他最近的那名女子跑。

看來，席薇亞轉為使用各個擊破的戰術了。

這時，一名在遠處看著這幅光景的男子悲痛地大叫。

是魔王軍游擊部隊的隊長，綠花椰宰。

「住、住手啊，席薇亞——！算我求你！別對那個人動手！」

被席薇亞盯上的那個手握木刀的人我也見過。

我記得，在魔王軍襲擊村里的時候，她和綠花椰宰一起施展了強大的魔法……

那個女人，大概是綠花椰宰的情人還是怎樣的吧？

綠花椰宰對著席薇亞放聲慘叫，跪在地上苦苦懇求，注視著和席薇亞對峙的那名女子的動向。

聽見他的聲音，席薇亞露出開心至極，充滿愉悅的笑容說：

「你們不也殺光了我的部下嗎？這算是回報你們！放心吧，我不會讓這女人獨自上路，也會送你和她的所有家人去陪她！我會把你們連同這個村里燒個精光！好了……覺悟吧！」

終於能夠報復一直讓自己吃盡苦頭的紅魔族了，席薇亞沒有理會他的吶喊，繼續逼近那名女子。

手拿木刀的女子嫣然一笑，對著表情悲痛的綠花椰宰喊話：

「你自己逃走吧……為了讓你成功脫逃，至少讓我用最後的力量對席薇亞發動攻勢！」

喂，別這樣！

都怪我顧著自保而解開了封印，終於要出現犧牲者了嗎……！

面對準備撲向她的席薇亞，那個人以充滿強烈決心的眼神狠狠瞪了回去說道：

「席薇亞，這就是我最後的絕招！瞪大眼睛仔細看好了！還有……」

說著，她瞄了綠花椰宰一眼，露出淒美的笑容。

「拜託你，綠花椰宰……忘了我，追求你自己的幸福吧……」

「套牢！算我求你，席薇亞，別這麼做！套牢，我喜……！」

喂，別這樣！該死，快住手…………！

「我欣賞妳的決心！好了，讓我見識一下妳最後的絕招吧！無論是怎樣的魔法我都會正

面接下……」

「『Teleport』。」

就在席薇亞還在大聲放話的時候……

隨著瞬間移動魔法的詠唱聲，那個女人的身影就此消失。

剛才還一臉悲痛的綠花椰宰見狀，便像是什麼都沒發生過似地換回認真的表情，拍了拍膝蓋站了起來，若無其事地望著席薇亞。

氣氛正嗨的時候目標突然落跑，這讓席薇亞落寞地說：

「我最討厭你們紅魔族了。」

……我很了解你的心情。

5

一名紅魔族男子，擋在席薇亞面前。

他一臉憂愁地開了口……

「席薇亞，你竟然變成了這副模樣……至少，讓我用我的絕招讓你立刻得到解脫……喔哇啊！很、很燙耶，不聽別人的招牌台詞是違反決鬥禮儀喔，席薇亞！」

男子的台詞才說到一半就被席薇亞噴火，連忙往後一跳，離開原地。

「我不想陪你們玩了！不打算認真跟我打的話就快點消失！」

在紅魔族一次又一次的挑釁之下，席薇亞已經失去了冷靜。

他已經遠離地下機庫了，現在正是時候。

老實說我很想逃跑，但這次的責任完全出在解開封印的我身上。

「好，我要進去了！喂，達克妮絲，要是紅魔族的人被逼上絕境的話，到時候就拜託妳了。他們再怎麼強都還是魔法師。要是耗盡魔力，就連想用瞬間移動魔法逃跑也沒辦法。」

「我知道了，包在我身上！」

達克妮絲用力點頭，而她身旁的惠惠則說：

「我、我該做些什麼？不會用瞬間移動魔法的我，好像連爭取時間都辦不到……」

說著，她帶著一臉不安的表情抬頭看我。

「妳是緊要關頭的王牌。魔法也只是不容易對魔術師殺手生效而已吧？上級魔法看起來是不管用，但目前為止，應該沒有人嘗試過用爆裂魔法對付魔術師殺手吧？或許爆裂魔法可

以傷到它也說不定喔。」

我以這樣的藉口搪塞惠惠。

這次，我不打算讓這個傢伙使用魔法。

因為芸芸說了，讓這個村里的人知道惠惠只會用爆裂魔法的話不太好。

聽見「王牌」這兩個字的惠惠完全聽信了我的說詞，握著法杖興奮不已。

遠方依然可以看見紅魔族們吸引著席薇亞的注意……

「啊哈哈哈哈哈哈，怎麼啦？快點啊，快用瞬間移動魔法啊！」

「等等，還沒詠唱完……！喂，不妙了，席薇亞的動作越來越靈活了！」

……不，席薇亞開始習慣那個身體之後，已經超越了吸引他注意的階段，紅魔族們只是單純被追著跑而已。

「和真，我來負責看守機庫的入口，你放心進去裡面找東西吧。」

「裝什麼傻啊，妳也要一起進來啦！」

我帶著一直鬧彆扭到最後一刻的阿克婭，使用潛伏技能，在攻擊席薇亞的魔法火線當中一面躲藏一面前進。

不久之後，我們來到機庫前面，便從席薇亞衝破的地方進入裡面。

我瞄了一下席薇亞那邊，他似乎還在專注地追趕著紅魔族。

時間似乎已經接近黎明時分，山的另一頭已經亮了起來，但機庫裡面還是一片黑。

我和具有夜視能力的阿克婭一起往裡面走，尋找那個武器……

「……喂，要從這裡面找出來喔？」

地下機庫內部的中央，有大量用途不明的魔道具，堆積成山。

如果連在不在這裡面也不知道的話，就連哪個才是我們要找的武器也無法肯定吧……

「和真和真，你看這個！」

正當我煩惱著該如何是好的時候，阿克婭興高采烈地撿了一個東西給我看。

那是……

「這不是GAME GIRL嗎！那麼舊的遊戲機怎麼會出現在這種地方？」

古早以前，早在我還沒出生之前曾經在日本流行過的掌上型電玩，出現在我的眼前。

阿克婭將遊戲機放在地板上，開始在成堆的魔道具當中翻找。

「既然有遊戲機的話，應該也有遊戲軟體才對。和真，你如果看見戰鬥民族方塊的話，記得給我喔。我會借你玩啦。」

「誰叫妳找遊戲來著了，要找的是武器好嗎！妳有沒有看見類似武器的東西啊！應該說……這裡是怎樣啊，為什麼有這麼多地球上的東西……」

成堆的大量魔道具，其實幾乎全部都是地球上的電玩主機。

身為一個玩家我也有點心動，但現在不是管那些的時候。

不過，每一台主機看起來都微妙的有點歪歪扭扭的。

簡直就像是門外漢硬是拼湊出來的一樣……

這時，阿克婭好像在房間的一角找到什麼了，對我招了招手說：

「和真，我找到這種東西了耶。」

說著，阿克婭拿了一本筆記給我看。

我走到阿克婭身邊，從旁看著那本筆記。

上面寫滿了紅魔族所說的古代文字。

……沒錯，筆記是以日語寫成的。

阿克婭開始唸起手上那本筆記的內容——

「——○月×日。糟糕，這個設施被發現了。不過，幸好他們好像不知道我做出來的東西是什麼。要是被他們知道我拿國家的研究資金來做電玩主機和玩具的話，真不知道會被怎樣處置……」

原來如此，這樣很多事情都說得通了。

這個設施是在我之前被送到這個世界來的日本人建立的吧。

所以入口的通關密碼才會是小並指令。

既然如此，筆記當中或許有什麼線索。

「——○月×日。大官踏進我的樂園裡來，問我電玩主機的用途。我總不能老實回答是玩具吧。所以我裝得一臉認真，隨便唬說是『足以毀滅世界的武器』。和我一起做研究的女同事嘴裡說著『這、這麼厲害……』，一副很抖的樣子。她擅自打開GAME GIRL的開關，聽見『嗶叮——』的啟動音效就嚇了一跳。平常明明那麼氣焰凌人，現在這麼怕一台電玩主機是怎樣。」

……？

怎麼搞的，總覺得不太對勁。

「——○月×日。高層說要為我的研究多加預算。相對的，他們叫我製造能夠對抗魔王的武器。不，話不是這樣說的吧。我來到這個世界的時候得到的外掛能力已經被你們利用再利用

了不是嗎。我已經報效國家夠多了吧。你們對我要求更多我也給不起啊。於是我試著裝認真說了『鬥爭無法產生任何東西……』之類的話，結果被女同事巴了一下。她還罵我，說就是因為和魔王之間的鬥爭才讓我有工作做。是沒錯啦。可是要我製造能夠對抗魔王的武器，到底該作什麼才好？」

沒錯，是不太對勁。

總覺得，我之前好像也在那裡聽過這麼吊兒郎當的文筆……

而阿克婭沒有理會感到不對勁的我，繼續唸著筆記。

「——○月×日。我想作巨大機器人。可以變身合體那種。我提出這樣的計畫書之後，被罵說我在開什麼玩笑。我明明就是很認真地提案耶。於是我惱羞成怒，一邊挖鼻子一邊說不然作個又大又抗魔法的傢伙算了，結果立刻通過。你們是怎樣，這樣真的可以嗎？高層又叫我畫個設計圖出來，不過應該用什麼當範本呢……喔。正好有隻野狗。這個好，就作個狗型武器，取名叫『魔術師殺手』好了。」

……狗型武器？

「——○月×日。我提出設計圖之後，高層說『原來如此，是蛇啊，比起有腳的東西好作多了，你很會想嘛』，頗為讚賞。不，我想畫的是狗耶。我知道自己沒什麼繪畫天分，但你們也看仔細一點好嗎。那明明就是身體很長的狗……結果我自己重新看了一次也覺得是蛇。」

……

「——○月×日。實驗開始。嗯，確實會動。動是會動，但是電池撐不了多久吧。我試著派出去對付魔族，結果立刻就不會動了。可是，牠們倒是自己嚇到了自己。正好，隨便說什麼這是我們人類無法掌控的東西，就這樣收在這裡好了。反正沒電也不會動了，乾脆過一陣子拿來當成合成獸的材料，試試看能不能作成生物武器好了。如果成功的話就不需要電池，而且應該很帥吧。」

啊啊，我大概猜得到了。

寫了這本筆記的傢伙，大概和作了那個東西的傢伙是同一個人。

「——○月×日。對付魔王的新武器完成了。這樣聽起來好像很厲害，不過簡單的說就是改造人啦。我對國民招募願意接受改造手術的傢伙，結果報名人數多到必須抽籤決定人選。你們是多想變成改造人啊。這樣真的好嗎？手術後會喪失記憶喔。我對自願接受手術的人說明這只是將魔法師的適性提升到最高的簡單手術，結果他們說希望可以順便把眼睛改造成紅色、在每個人身上留下各自的機體編號之類的，有夠任性。這個國家的人都是這樣嗎？」

應該說，會寫出這種鬼話的傢伙要是有太多個的話也很傷腦筋。

「——○月×日。改造手術終於結束了。他們對我說『主人，請賜予吾輩新的名字』。誰是你們的主人啊，你們也太入戲了吧。因為嫌麻煩，我就隨便幫他們取了些綽號。他們倒是滿開心的。這些傢伙的感性到底是怎麼回事啊。不過，他們很強。超強的。大官們也誇獎了我。好像打算提拔我。我好像從明天開始就要升所長了。不過，老實說，地位不重要啦，給我獎金好嗎。對了，難得有這種機會，幫這些傢伙取個種族名好了。配合眼睛的顏色，就叫『紅魔族』吧。女同事說取得太隨便了。竟敢瞧不起我，那個混帳。」

「等等！」

我忍不住驚叫出聲，讓阿克婭轉頭看著我，不再唸下去。

「抱、抱歉，妳繼續唸吧。」

紅魔族是改造人？

事情突然變得好沉重啊……

「──○月×日。紅魔族那些傢伙開始鬧彆扭，說他們想要能夠對抗他們的天敵『魔術師殺手』的武器。不，那個已經不會動了喔。再說，那也不是特地製造來當你們的天敵的，而且也已經沒電了。無論我再怎麼說明，他們也沒有半個人聽進去。你們是叛逆期來了喔。無可奈何之下，我隨便作了一個武器給他們……我原本只打算隨便作的，結果不知不覺間變成一把過度講究的超強武器。這下真的變成足以毀滅世界的武器了吧？應該說超像雷射砲的。雖然毫無電磁加速的要素，但因為想不到什麼好名字，所以為了方便起見，先稱為『電磁加速砲（暫稱）』好了。」

……好像也沒那麼沉重。

「──○月×日。電磁加速砲（暫稱）超強，真的超強的。老實說強到連我都怕了。這麼

該只是壓縮魔法再發射出去，使用上非常簡便的武器，但是讓他們試射了一砲才發現威力實在過於強大，嚇了我一跳。這是怎樣，太可怕了吧。話雖如此，這也只有現在能夠保有這種傲人的威力了。這只是用現成的零件拼湊出來的東西，應該發個幾砲就會壞掉了吧。要是遭到濫用的話後果不堪設想，還是收起來吧……應該說，這個東西的長度長成這樣的話，當成曬衣竿來用應該正好……不過，這下傷腦筋了。好像是因為紅魔族計畫很成功，讓大官們心花怒放了起來，他們決定耗費龐大的國家預算，製造超大型機動武器，而且正在擬定計畫。他們以為那種東西有那麼容易製造嗎？他們是白痴吧？算了，反正和我沒關係！」

……肯定沒錯。

寫了這本筆記的人……

「好像到這邊就結束了……吶，我總覺得好像在哪看過這個人的字跡耶？」

就是打造了機動要塞毀滅者，最後在裡面化為白骨的研究員。

根據這本筆記的敘述，他大概是在這之後打造了毀滅者吧。

「我說，妳之前不是在機動要塞毀滅者裡面唸過一本筆記嗎？大概是和那本筆記的筆跡一樣吧？」

聽我這麼說，阿克婭「喔喔！」了一下，拍了一下手。

話說回來，原來這個傢伙有鑑定字跡的專長啊。

……不對，等一下。

「喂，妳之前在毀滅者裡面唸的那本筆記，難不成是用日文寫的？」

「是啊。」

「『是啊』妳個頭啦，這麼重要的事情妳為什麼沒說！」

「因、因為沒人問我啊！」

聽阿克婭這麼表示，我按著發疼的頭說：

「可惡，原來是這麼回事！也就是說，之所以會發生這場騷動，原因也是妳胡亂送過來的這個連名字叫什麼都不知道的外掛傢伙嗎！毀滅者也好、魔術師殺手也好，這個傢伙真的很會闖禍耶！妳也不要隨便看到人就送過來好嗎！不對……等一下喔。」

我赫然驚覺到一件事，停下了動作，讓阿克婭一臉不解地歪頭。

「……吶，之前我一直沒有很在意，不過妳現在幾歲啊？至少在機動要塞毀滅者完成之前，妳就在當女神了對吧？」

隨著「啪」的一聲，阿克婭手上的筆記掉到了地上。

「……和真，你問女神的年齡是什麼意思？小心我真的給你天譴喔……我先說清楚，在你遇見我的那個房間裡面，時間的流動非常緩慢。也就是說，你心目中的年齡計算，並無法

用來標示我的年齡。聽懂了的話，就別再問同樣的問題了。否則，我真的會讓你遭天譴喔，佐藤和真先生。」

面對以莫名認真的口吻這麼說的阿克婭，我以小到不知道聽不聽得到的聲音說：

「什麼嘛，原來是個老太婆啊……」

「你說什麼——————！說什麼鬼話啊你叫誰老太婆來著我只不過是因為住的地方的時間流動比較慢才活得比你久而已啦給我把話收回去哇啊啊啊啊啊啊啊啊啊——！」

——現任在我眼前的東西，每一樣都是身為玩家的我非常想帶回去的貨色，但現在沒有那個閒工夫。

「可惡，電磁加速砲在哪裡啊！既然有曬衣竿那麼長，應該馬上就找得到才對啊！」

當我在成堆的電玩主機和家電當中找著電磁加速砲（暫稱）的時候……

「和真，在日本和天界和這個世界，時間的流動速度全都不一樣。比方說，日本的一個月在天界可能只有一個小時。可是，在這個世界可能是好幾個月。所以呢，我的年齡……吶，你有沒有在聽啊？」

阿克婭從剛才開始就一直說著這種聽起來很像藉口的話。

「那種事情不重要啦，妳也給我幫忙找！電磁加速砲啦，電磁加速砲！長度有曬衣竿那麼長……」

……長度有曬衣竿那麼長？

電磁加速砲？

不對，等一下。我記得，最近好像在這個村子裡看過類似的東西。

對了，好像是那個叫切K烙的服飾店老闆……！

「喂，阿克婭！我知道那個武器在哪裡了……！」

說著，我轉頭看向阿克婭時……

嗶叩——！

「你看，這個真的可以玩耶。好像是用魔力來代替電池。不知道有幾片遊戲，可以的話真想全部帶回去……」

我不發一語地沒收了她手上的遊戲機，然後高高舉起來……

「混帳————！」

「哇啊啊啊啊啊啊！我的GAME GIRL——！」

6

在火花紛飛的村里當中，我拚命奔跑。

……耳邊還伴隨著阿克婭吵死人的聲音。

「還給我！把我的GAME GIRL還給我———！那在這個世界已經找不到了！你要賠我！用回到鎮上就可以拿到的那筆錢賠償我！考慮到再也找不到的稀有度的話，三億都還算是太便宜了！」

「妳從剛才開始就一直囉嗦個沒完！現在不是講那些的時候吧！再說那明明就是遺留物，又不是妳的！一個年紀比我大不知道多少的人，竟然還說這種像三歲小孩的話！」

「你真的惹我生氣了，都告訴過你女神的歲數是不會變的了！你等著後悔自己激怒了水之女神吧！我要詛咒你，讓你沖馬桶的時候會堵住、淋浴到一半熱水突然變冷水！」

我隨便打發了舉出這些無聊天譴的阿克婭，終於來到了服飾店前面。

在服飾店的庭院裡，那把銀灰色的步槍正坐鎮在曬衣架上。

毀滅者也好、魔術師殺手也好，我真的很想宰掉那個作出這些東西來的傢伙。

而且這為什麼會擺在這種地方啊，收起來好好保管好嗎？

村民們也有問題，真想花一整天對他們說教，叫他們別把這種危險的東西當成曬衣竿。

長度應該超過三公尺吧。

我試圖扛起反射出銀光的那個東西，發現自己一個人搬不動，於是叫阿克婭也來幫忙。

步槍後方有某種複雜的機械構造，似乎是吸收魔法用的機關。

電磁加速砲這個命名確實是太隨便了一點，但外型確實是很有未來武器的感覺。

「好，接下來只要把這個搬到紅魔族們身邊去…………嗯？」

忽然，我感覺到一陣心神不寧，同時發現事有蹊蹺。

不知不覺間，剛才還聽得見的破壞聲已經消失了。

心裡覺得奇怪的我四處張望了一下。

席薇亞變得那麼巨大，無論在村裡的任何地方都能立刻找到。

在遙遠的另外一端，席薇亞停在那裡，動也不動。

7

我們小心翼翼地搬著步槍以免被席薇亞發現，來到他附近之後……

只見動也不動的席薇亞，一直盯著一個地方看。

在他的視線前方——

「那不是芸芸嗎！她到底想做什麼……！」

仔細一看，芸芸站在一塊大石頭上，狠狠瞪著席薇亞。

我發現芸芸為什麼會一個人和她對峙了。

其他紅魔族們都已經耗盡魔力了。

但是，紅魔族們之所以只是盯著她們看，似乎還有別的理由。

「芸芸……」

「是芸芸……！」

「是族長之女芸芸……！」

就在紅魔族們以看著英雄似的崇拜眼神守候著芸芸的時候……

其中一名紅魔族喃喃地說：

「就連唸出報名號台詞都覺得害羞的怪胎芸芸，今天到底是怎麼了……？」

我和阿克婭一起屏息以待。

這時，席薇亞面對芸芸，一點一點逼近她，像是在嘲笑她似的。

我還以為席薇亞早就決定不理會紅魔族的挑釁了，這是怎麼回事？

我的疑問，在聽見席薇亞接下來的發言，並看見芸芸遞到席薇亞面前的東西之後，就得到解決了。

「……妳的冒險者卡片的技能欄上面，確實是沒有空間轉移魔法……妳確定？自己告訴我你沒辦法用瞬間移動逃跑真的好嗎？」

我不知道他們兩個在我不在的時候講了些什麼，但大致上猜得到。

芸芸大概是為了吸引席薇亞的注意，主動表明了自己沒辦法用瞬間移動魔法逃跑吧。

之前一直遭到紅魔族百般玩弄的席薇亞，對於他們在緊要關頭就用瞬間移動魔法逃跑已經感到相當厭煩了。

而現在，她眼前有個自己表示不會用瞬間移動魔法的芸芸。

而且芸芸爬上一塊很高的岩石，感覺不太像是能夠立刻逃跑。

就算有辦法跳下去，並且直接拔腿就跑好了，在抵達遠方圍觀的那些同伴們身邊之前，她就會被席薇亞追上了吧。

再怎麼想吸引席薇亞的注意，也不應該做出這麼魯莽的事情來……

我正打算呼叫遠方的芸芸時，突然有人在一旁拉了我。

我轉過頭去，看見的是惠惠握著米米的手，還有不知為何一臉沮喪的達克妮絲，不知何時來到我身邊了。

「和真，你找到那個武器了嗎？我們發現米米不在避難所，所以芸芸才像那樣吸引席薇亞的注意，然後我們趁機回家把她救了出來……」

仔細一看，米米一臉睡眼惺忪的樣子，站也站不太穩。

看來，在這麼大的騷動之中，她還是一直在家裡睡到現在。

我總覺得，這個孩子將來肯定會成為大人物吧。

「救出來就好。我也順利找到武器了。話說回來，達克妮絲怎麼了？發生什麼事了嗎？」

「她原本打算吸引席薇亞的注意……一開始她還算是稱職的誘餌，但是不久之後，席薇亞就對她說『我沒空理妳這種只是皮厚卻沒有攻擊力的女人』……」

見達克妮絲落寞地看著地面，阿克婭摸了摸她的頭。

被看穿是個只有防禦力的女人之後，人家就不理她了是吧。

不過現在更重要的是……

「我知道她的苦衷有多無謂了。更重要的是，我們得去救人在那裡的芸芸才行……」

「不，這個時候不能妨礙她！她應該是有什麼打算！放心吧，從岩石周邊被踏扁的草皮看來，應該已經有人去救她了。我們就在這裡看著辦吧！」

惠惠一臉興奮地這麼說，像是在期待著什麼似的。

已經有人去救她了？

不，在我看來根本沒有人靠近芸芸啊。

成為眾多紅魔族村民的矚目焦點的芸芸，或許是因為高聳的岩石上面可以站的面積不大吧，她像鶴一樣收起一隻腳，就這樣穩穩保持平衡：

「吾乃芸芸！身為大法師，擅使上級魔法……」

儘管距離頗遠，她還是瞬間瞄了站在我身旁的惠惠一眼，繼續說道：

「身為紅魔族首屈一指的魔法師，乃終將成為此地之長之人！」

「啊啊！」

芸芸大大方方地如此宣言，惹得惠惠驚叫出聲，為之愕然。

看來她介意的應該是「紅魔族首屈一指的魔法師」的部分吧。

在紅魔族們的眾目睽睽之下。

芸芸完全沒有平常那樣感到害羞、壓低聲音，反而帥氣地揮了一下披風說：

「魔王軍幹部，席薇亞！身為紅魔族族長之女……！我要讓妳見識一下，只有能當紅魔族族長之人代代相傳的禁咒！」

然後單手高舉魔杖，對著天空輕聲開了口。

那大概是已經完成詠唱的雷系魔法吧。

一道在天色明亮的白晝依然清晰可見的藍色閃電，在芸芸背後隨著巨響落下。

簡直就像是英雄現身的時候會出現的特效一樣。

看著那樣擺出招牌姿勢的芸芸，紅魔族們紛紛淚流滿面。

咦？

「……嗚……嗚嗚……嗚…………！」

聽見這個哭聲，我往旁邊一看，發現就連惠惠都哭了。

……咦？

就在我的思考停滯的時候，紅魔族們突然興奮地大喊：

「芸芸！芸芸她！芸芸她覺醒了！」

「族長之女芸芸，終於脫胎換骨了！」

「好帥！芸芸好帥！」

「芸芸的隱藏力量覺醒了！」

「那是我的學生！那是我鍛鍊出來的學生呀！好啊，芸芸！妳確實活用了我對妳的教誨了呢……！」

看在紅魔族的人們眼中，剛才的視覺效果似乎是帥氣到不行。

經過剛才那一連串的過程，原本有點受到孤立的芸芸，似乎已經被村民們視為真正的同伴，並得到認同了。

在這個瞬間，一名正常的少女，終究還是墮落了。

現在她一心只想拯救大家，所以才會忘記羞恥吧。

但是，過幾天忽然回過神來，想起這段黑歷史的時候，她會不會想不開尋短呢？看來我得多加留意才行。

拋開心理障礙的芸芸與席薇亞對峙，動也不動。

這時，芸芸瞬間往自己身邊空無一物的空間瞄了一眼。

「怎麼啦？不會用瞬間移動魔法的小姑娘。你們紅魔族老是把奧義、隱藏必殺技什麼的掛在嘴邊，其實只會出一張嘴。而妳又是這樣的紅魔族的代表對吧？這樣的妳到底會讓我見識到怎樣的禁咒呢？」

心浮氣躁的席薇亞如此挑釁，但芸芸還是一步也不動。

席薇亞見狀，便朝芸芸蛇行向前。

儘管如此，芸芸還是不動。

終於，席薇亞像是要積存力量似地壓低身體，將蛇型的下半身弓起，接著便猛然彈向芸芸。

然而在她發動猛攻的前一刹那，芸芸已經跳下岩石，直接拔腿就跑！

看著這樣的芸芸，一直被紅魔族們玩完就跑而憤怒到眼中充滿血絲的席薇亞大吼：

「別想逃走、別想逃走、別想逃……？」

狂喜的席薇亞為了繼續追趕芸芸，而在跳上那塊岩石之後看向她，結果卻瞬間停下了動作。

就像是在芸芸奔跑的方向上，看見了什麼其他人看不見的東西似的。

我心想到底是怎麼了，繼續看了下去，只見芸芸奔跑的方向上，一個空無一物的空間中，突然冒出一對男女。

是綠花椰宰和套牢。

大概是其中一個用折射光的魔法隱藏身影接近到那裡，直到現在才解除了那個術法。

然後，既然他們是一起行動，就表示另外一個已經完成了瞬間移動魔法的詠唱了吧。

見芸芸跑到兩人身旁，席薇亞連忙伸手大喊：

「等……！別……！」

「『Teleport』！」

這樣也太扯了。

紅魔族們紛紛屏息以待。這時，席薇亞不住顫抖地說：

「…………呵呵呵呵，啊——哈哈哈！你們各個都這樣，還敢說是最強的魔法師集團紅魔族！我看是只會出一張嘴的窩囊廢集團吧！和你們這些紅魔族來往的傢伙也全都是窩囊的軟腳蝦！」

不知道是因為生氣，還是因為覺得可笑。

總之，席薇亞笑到全身都顫抖了起來。

而和這樣的席薇亞隔了一段距離的我們躲在隱密處。

「喂，阿克婭，趁那個傢伙現在破綻百出，我們來準備攻擊。快施展妳剛才將席薇亞的洋裝毀成一塌糊塗的驅魔魔法，我要用這個壓縮之後射出去。雖然我們要負責的只有把武器搬回去，不過還是趁現在由我們帥氣地給她最後一擊吧。」

「喔喔，終於輪到我出馬了。好啊，就交給我來大出風頭吧。」

不需要事先打什麼照會。

是破綻百出的那個傢伙不好。

大概是魔法的準備完成了吧，阿克婭對我點了點頭。

我為了避免攻擊的跡象被發現而用了潛伏技能，同時以狙擊技能瞄準了目標。

目標，就是依然在放聲大笑的席薇亞。

我的心情就像在當狙擊手一樣。現在正是我展現在各種狙擊型遊戲當中鍛鍊出來的技術的時候。

「『Sacred Exorcism』！」

阿克婭施展魔法的同時，電磁加速砲後方的魔力吸收口立刻吸收了魔法。

「『狙擊』————！」

為了將經過壓縮的驅魔魔法射向席薇亞，我刻不容緩的扣下扳機……！

……然而，卻是什麼事情都沒發生。

「奇怪？」

我一次又一次扣得扳機喀喀作響，電磁加速砲卻一點都沒有要發射的跡象。

「喂，這是怎樣！壞掉了嗎？還是有什麼安全裝置……」

我連忙搖了搖電磁加速砲，但電磁加速砲依然沒有運作。

「『Sacred Exorcism』！『Sacred Exorcism』！」

正當我歪頭不解時，一旁的阿克婭似乎是覺得魔法被吸走很好玩吧，一次又一次施展著魔法。

「拿來我看看。這種東西呢，只要這樣就會好了。」

嗯嗯……這把武器從以前就一直被當成曬衣竿，沒有好好保養，或許已經故障了啊。

說著，達克妮絲開始敲打電磁加速砲。

這個傢伙真的是接受高水準教育、學習各種禮儀規範的千金大小姐嗎？

「喂，達克妮絲，要敲的話敲上面一點的地方……對對，就是那附近。魔法應該填充在那裡面吧。」

「話說回來，這該不會就是那個武器吧？看起來很像切Ｋ烙很重視的那根長得很奇怪的曬衣竿呢……是不是哪裡塞住了啊？我去找根棒子來把裡面清一清好了。」

就在達克妮絲繼續敲打電磁加速砲、惠惠準備去別的地方檢棒子的時候……

「吶……吶、吶……！」

阿克婭拉了拉我的衣袖，指著遠方一直叫我。

「幹嘛啦？妳試試看再施展一次魔法。說不定是剛才的魔法和電磁加速砲的匹配度不好，這次換用別的驅魔魔法……」

說著，我順著她指的方向看了過去……

只見席薇亞以充滿血絲的眼睛瞪著我們說：

「哎呀呀，你們在那裡做什麼啊？那是什麼？你們手上的東西看起來很有意思呢！」

並且鎖定了位於遠處的我們！

8

「等一下，小弟！把你手上的那個東西留下來！或許是身為魔王軍幹部的直覺吧，那個東西讓我有種非常不祥的預感！」

席薇亞扭動銀色的巨大身體，完全不理會那些施展魔法試圖阻攔她的紅魔族，完全只追著我們跑。

看來他知道我抱著的這挺電磁加速砲是很危險的東西。

怎麼辦，我好想把這個傳給別人啊！

「等等我——！和真先生的參數明明都比我低，為什麼逃跑的時候速度就這麼快？你就是為了這個才學逃走技能的嗎？不要丟下我啊！」

抱著米米的阿克婭，跑在我身後不遠的地方。

至於米米，她任由阿克婭抱著，自己則是抱著不知何時出現的點仔，就這樣掛在阿克婭的懷抱裡被帶著走。

這個孩子八成也是個大人物。

「妳在幹嘛啊，跑快一點！等等，喂，達克妮絲落後了！誰叫那個傢伙那麼重！」

「不、不准說我重！重的是我的鎧甲，給我改口說清楚！」

不知何時已經穿好一身鎧甲的達克妮絲，速度被鎧甲的重量給拖累了。

在達克妮絲說著這種麻煩話時，席薇亞已經逼近到差一點點就可以追上她的地方了。

不行了，還是直接丟掉這把沉重的武器……！

「你再怎麼逃跑都沒用的，佐藤和真！還有，你們聽好了，紅魔族！從今天開始，我就是你們的天敵！無論你們逃到世界上的哪個角落，我也會找出你們，直到獵殺最後一個，讓你們絕種為止！無論你們在世界上的任何地方建立聚落，我也一定會去破壞！」

席薇亞如此宣言，聲音傳遍整個熊熊燃燒的村里。

要是把這挺電磁加速砲交給他的話，他會不會放棄追殺我們啊……

「你們這些膽小鬼紅魔族！無論是你們本身，還是未來和你們有來往的人！從今以後，都得活在不知何時會遭到襲擊的恐懼之中，每天發抖度日！」

聽著席薇亞如此挑釁，紅魔族們似乎並不特別在意，沒有一個人打算回應。

無論是以折射光的魔法和芸芸配合的方式，還是瞬間移動的使用方式。

從這些地方看來，他們應該是真的很聰明吧。

可以的話，真希望他們把聰明才智用在更正常一點的地方。

「姊姊才不是膽小鬼！」

一個足以掩蓋席薇亞的大笑聲的吶喊聲響起，在村里內迴響。

是緊緊抱著點仔的米米，她維持著被阿克婭抱住的狀態，對著席薇亞如此大叫。

雖然米米懷裡的點仔身上留有齒痕、整隻癱軟無力，讓我有點介意，但現在還有更重要的事情。

「這我可不能假裝沒聽見了。這是紅魔族和魔王軍之間的問題。如果和真把手上的武器

交給你的話，你願意放過他們三個嗎？」

我們隊上那個不知道沸點在哪裡，總是容易衝動的魔法師。

她突然間不再逃跑，對著席薇亞舉起法杖。

席薇亞見狀也停下腳步，舔了一下舌頭，然後笑著說：

「哎呀，這不是從剛才開始就沒什麼存在感的小姑娘嘛。這麼說來，我還沒看妳用過魔法呢。妳最擅長的是什麼魔法？到底是什麼移動呢？」

對於席薇亞挑釁的話語，惠惠只是輕聲說：

「我好像還沒對妳報上名號呢。我的名字是惠惠。然後，我才是真正的，紅魔族首屈一指的魔法師。」

看來她真的很介意芸芸剛才的台詞當中的「紅魔族首屈一指」的部分呢。

惠惠的報名方式不像之前那麼誇張，非常淡然而平靜。

聽她這麼說，席薇亞一臉詫異：

「妳這個紅魔族還真稀奇……那種奇怪的報名台詞呢？紅魔族不是最愛虛張聲勢了？」

對於席薇亞的這番調侃，惠惠毫不動搖，連眉頭都沒動一下。

就在這個時候——

「我姊姊超厲害！她會用超厲害的魔法，連邪神都可以解決掉！」

這麼說的人，是依然被阿克婭抱在懷裡的米米。

惠惠看了這樣的米米一眼，輕輕一笑之後說：

「不好意思，請幫我看著米米。只要一不注意，那個孩子就會去招惹別人，也不管對方是誰。我去用我的必殺魔法炸飛那個傢伙，馬上就回來。」

惠惠這麼說完……

「嗚、喂。」

也不管試圖阻止她的我，拿下了遮住一隻眼睛的眼罩。

要是被村民們知道妳會用爆裂魔法，不是會有很多麻煩嗎？

在我如此擔心的同時。

「哎呀呀，出現了，必殺魔法！我都不知道聽過這四個字幾次了！」

聽了惠惠的發言，席薇亞如此出言挑釁。

紅魔族們也紛紛交頭接耳了起來：

「飄三郎的女兒是怎麼了？之前明明更有氣勢的。」

「要用必殺魔法的話，應該多醞釀一下才對！」

「前置台詞太弱了，太弱了啦。」

紅魔族們不知道惠惠會使用真正的必殺魔法。

我對惠惠說她是緊要關頭的王牌，其實只是為了搪塞容易衝動的她，以免她在村子裡使用魔法。

惠惠看來是決定要出手了，但村民們會知道惠惠的祕密，而且在不知道到底管不管用的狀況下胡亂施展爆裂魔法，感覺都不太妙。

而且我也沒有那個自信能夠揹著耗盡魔力的惠惠順利逃生。

「……惠惠，我有話對妳說。」

「和真。」

就在我開口準備說服她的瞬間，惠惠輕聲打斷了我的話語：

「我剛才聽阿克婭說了……和真好像看得懂寫在地下機庫的那種古代文字對吧？」

聽她這麼說，我抖了一下。

那個傢伙竟然這麼大嘴巴！

應該說，她在這種狀況下對我這麼說，就表示……

惠惠咧嘴一笑：

「……平常老是要你幫我們擦屁股，我也覺得很不好意思。今天，就讓我來幫和真收拾善後吧。」

……紅魔族很聰明。

惠惠讓我對這一點有了最深刻的體認。

——惠惠的眼睛閃現燦爛的紅光。

席薇亞興致勃勃地看著這樣的惠惠……

「小姑娘，妳準備好了嗎？反正妳也不會主動進攻對吧？我攻過去之後妳就會逃跑，然後使用瞬間移動對不對？」

並語帶挑釁地這麼說。

但是，聽她這麼說之後，我們隊上這個容易衝動的魔法師，也只是平靜地舉起法杖。

看她這樣子，不只席薇亞，就連在一旁觀察狀況的紅魔族們也都露出一臉狐疑的表情。

……不妙。

這個傢伙要拿出真本事來了。

我很清楚惠惠的爆裂魔法的威力。

正在觀察狀況的紅魔族們的位置，正好是波及範圍邊緣的距離。

或許是會遭到波及，但這個距離應該不至於喪命。

既然遭到魔法波及也不會有人死的話，這個傢伙肯定會毫不猶豫地發動。

「喂，你們快逃！趕快遠離席薇亞！盡可能逃離這個地方！」

聽見我這麼大喊，紅魔族不知為何「喔喔」地驚呼。

「不愧是惠惠的同伴！明明是外地人卻很懂得怎麼炒熱氣氛！」

「厲害厲害……看他那個急迫的表情，一點也不像是演出來的。」

然後還接連說出這種悠哉的話……

「笨蛋！等一下真的會有必殺魔法飛射過去！快逃！快點逃走啊！」

我這麼一說，連紅魔族們都和席薇亞一起笑出來了。

這、這些傢伙，竟然各個都以為我在開玩笑……！

我決定放棄警告，不理他們，和達克妮絲她們一起站到惠惠身邊。

「惠惠，別擔心。要是爆裂魔法不管用，我也會擋住那個蛇女。妳想像一下整個人被那條金屬蛇身纏住的感覺，啊啊、我不行了……！」

「這種時候妳還是堅定不移呢。」

「為了保護米米，我要躲到最遠的地方去喔！」

我抓住大方表示要避難的阿克婭，將電磁加速砲放到腳邊，拔出日本刀。

看著我們的互動，惠惠的嘴角微微揚起。

然後，她毫不激動，平靜地開始詠唱爆裂魔法的咒文。

聽見她的詠唱，待在遠方看戲的紅魔族們瞬間鴉雀無聲。

不愧是魔法專家，看來紅魔族們總算了解了。

從剛才開始，惠惠在說的都不是虛張聲勢。

正當紅魔族們帶著僵硬的表情紛紛逃離現場的時候，席薇亞依然搞不懂發生了什麼事，一直四處張望。

這將近一年以來，我每天都聽，聽了無數次的，惠惠的魔法詠唱。

都陪她這麼久了，我大概知道詠唱何時會結束。

因為惠惠身上翻騰的魔力奔流，以及紅魔族的反應，似乎就連席薇亞也察覺到必殺魔法四個字並不是在開玩笑。

或許是因為之前一直沒有人正面應戰讓席薇亞鬆懈了吧，認真起來的惠惠讓她感到有點害怕。

「必殺魔法？……不、不管是炸裂魔法、爆炸魔法，還是任何上級魔法！現在的我已經和魔術師殺手合而為一，想攻擊就儘管攻擊吧！要是那招也不管用的話，妳們的死期就到了……！」

席薇亞舉起雙臂在自己的臉部前方交叉，厲聲大吼。

惠惠瞪大了紅色的眼睛，發出灌注了全副魔力的魔法！

「『Explosion』——————！」

壓倒性的魔力頓時脹大，從惠惠舉起的法杖前端飛射而出！

「竟然……！」

發現惠惠使用了什麼魔法的席薇亞，表情因恐懼而扭曲；而惠惠發出的閃光，筆直射向席薇亞——！

……之前，就被吸進我丟在地上的電磁加速砲後面去了。

「「「「咦！」」」」

由於情況太過離奇，不只我們，就連席薇亞和紅魔族也都驚叫出聲。

同時，耗盡魔力的惠惠渾身無力地倒了下去。

這時，或許是因為瞬間被嚇住而感到怒不可抑吧。

「臭小鬼竟然敢嚇唬我！混帳，老子把妳大卸八塊！」

變得面目猙獰的席薇亞以男性語氣如此怒吼，逼近到我們面前來。

生氣的人妖好可怕，超可怕的！

至少維持一下女性語氣好嗎！

「可惡——！都怪這個破銅爛鐵，狀況才會變得這麼險惡！」

「和、和真！席薇亞要過來了！耗盡魔力的惠惠交給你！放心吧，讓我享受大概一個小時之後再來救我就可以了……！」

「和真先生——！身為女神，我必須保護米米這個幼小的生命，所以先走一步了！」

妳們兩個是怎樣！

「吶，那個東西亮亮的耶。」

在我身旁的阿克婭的懷裡的米米，突然這麼說。

她的視線前方——

是橫躺在地上的電磁加速砲，側面還冒出了閃爍的「FULL」字樣。

我回想起筆記上所寫的內容。這是壓縮魔法之後再射出的武器。

這個東西不是故障了，只是吸收的魔力還不足以發射一砲而已。

我立刻撿起電磁加速砲，對準已經逼近到眼前的席薇亞……！

「魔王軍幹部，席薇亞！記好我的名字吧！到了死後的世界之後，記得幫我向其他幹部

打聲招呼！我的名字是『轟——！』」

正當我準備在說出招牌台詞的同時扣下扳機的時候，依然在阿克婭懷裡的米米從我身旁伸出手，搶在我之前拉動了扳機。

隨著強烈的後座力，電磁加速砲的前端發出刺眼的光芒。

從電磁加速砲射出的強烈閃光，射穿了席薇亞情急之下舉起來當成擋箭牌的銀色蛇尾；不僅如此，也在席薇亞的胸口開了一個大洞。

威力依然不見減弱的閃光繼續飛向綿延在紅魔之里後方的靈峰，擊中山峰的一角……！

隨著耀眼的光芒和爆炸聲，遭到擊中的那個角落就此灰飛煙滅。

因為熱能而變形的電磁加速砲殘骸從我手中落下的同時，席薇亞巨大的身體也隨著沉重的聲音倒在地上。

趴在地上、瀕臨死亡的席薇亞，一面吐著血，一面茫然若失地喃喃自語：

「怎……怎麼了？我、我就要……這、這樣完蛋了嗎……？」

看著這樣的席薇亞，包含遠離此地的紅魔族們在內的所有人都茫然佇立著。

只有原本在阿克婭懷裡的米米站回地上，擺出帥氣的姿勢說：

「吾乃米米。身為紅魔族首屈一指的萬人迷妹妹，乃強過魔王軍幹部之人！」

我的表現機會被搶走了！

9

斷了氣的席薇亞，其遺體決定交由紅魔族們處置。

聽說，他們好像要活用和魔術師殺手合為一體的席薇亞的身體當成素材，打造可以反彈魔法的防具。

從哪裡跌倒就從那裡爬起來，指的就是這麼回事吧。

至於——

今天清晨才剛因為席薇亞而造成毀滅性損壞的紅魔之里……

「這是怎樣？」

看著以驚人的速度重建的村里，我茫然地這麼說。

倒塌的瓦礫已經全都被魔法清理乾淨，切割岩層而成的建材被暫時變成了魔像，自己走

向建築工地。

疑似用召喚魔法叫出來的六臂惡魔，每隻手分別拿著木工道具……

「吶……惠惠。這是怎樣。為什麼重建的速度會這麼快？」

再次體認到紅魔族超乎常理的一面的我，這麼問惠惠。

「有什麼好為什麼不為什麼的。我又不知道別的城鎮的重建速度是怎樣，怎麼會知道這樣算是多快。」

「……總之先問一下，要讓村里完全復原的話需要多久？」

「應該得花上三天吧。」

才三天喔。

被魔王軍幹部破壞到近乎全毀，三天就可以完全復原了喔。

「……可是我看見一個女生心碎地說『村子……燒起來了……』，還害我滿心罪惡感耶。」

「這就奇怪了，只要是村民，應該就知道稍微燒掉一點也能夠輕易修好才對啊……你看到的是怎樣的人啊？」

怎樣的人？

我記得，她帶著和惠惠的很像的眼罩……

「……就是她。」

我指著眼前那個朝我們晃過來的眼罩少女這麼說。

「怎麼了？你找我有什麼事嗎，外地人？嗨，惠惠，我一直在找妳呢。」

「這不是有夠會嗎，好久不見了。」

看來，這個眼罩少女是惠惠的朋友。

等等，有夠會？

「惠惠，妳幫我看一下這個好不好？其實是這樣的，這是我剛剛寫好的**《紅魔族英雄傳》**第二章。我覺得紅魔之里陷入火海的場景寫得特別出色，是一部傑作。」

紅魔之里陷入火海的場景……

有夠會……？

有夠會不就是……！

我沒記錯的話，就是害我們來到這個地方的……

「這樣啊，那就讓我欣賞一……」

寄了那封無聊的信過來的始作俑者！

「就是妳啊——————！」

「啊啊啊啊啊——————！」

我搶走她遞給惠惠的一疊紙張，撕成兩半。

「啊啊啊啊……我、我的傑作……我熬夜熬了一個星期的心血結晶……」

「泰山崩於前也面不改色的有夠會居然這麼沮喪，我還是第一次看見。」

有夠會抱著那疊紙張癱坐在地上，而惠惠拍了拍她的肩膀。

「都是妳害的……！妳知不知道自己害我空歡喜、空期待了多少次啊！而且之後又有多麼失望妳知道嗎！竟然玩弄我的男人心！」

「惠、惠惠，這個沒禮貌的男人是誰！而且第一次見面的人突然這樣對待我，害我嚇了一大跳！」

「妳的行為舉止才害我嚇了一大跳好嗎！裝得一副語重心長的樣子說什麼『村子……燒起來了……』結果現在是怎樣！什麼新作品，所以我們拚上性命在戰鬥的時候，妳就躲在家裡寫這種東西嗎！都是妳寄給芸芸的拙劣小說把我們害得這麼慘！」

「拙劣小說！」

「你們兩個，冷靜一點，你們彼此都是第一次見面不是嗎，為什麼這麼處不來啊……等一下……你們兩個！你們還想繼續吵架的話，等級變得超高的我，就要讓我高到有剩的參數發威囉！」

10

見證了村里異常的重建速度之後，我們在紅魔之里度過最後一個晚上。

「——和真，你從剛才到現在到底是怎麼了？大家一起吃晚餐的時候，你的心情不是還很好嗎？怎麼不知道上哪去之後，回來就一直那麼不開心啊？」

惠惠疑惑地這麼問從剛才開始就滿肚子火氣的我。

「妳還問我怎麼了！喂，那個叫作『混浴溫泉』的澡堂是怎樣！取那個名字來亂的吧！根本既不是混浴也不是溫泉啊！」

聽我這麼說，惠惠一臉恍然大悟的樣子：

「喔喔，你去那裡了啊。那是村里的觀光客專用設施之一。來到這裡的旅客肯定會去那個澡堂一次。」

「這個村里到底是怎樣！連澡堂都要那樣捉弄人！真是夠了，這次旅行也太爛了吧！」

席薇亞倒下之後，魔王軍的黨羽也被一掃而空。

村里也是重建有望，一切的一切終於都告了一個段落，然而……

「我倒是覺得這趟旅行很開心喔。」

惠惠躺在我身邊這麼說。

原本還希望最後一個晚上可以睡個安穩，結果我還是得睡在惠惠的寢室裡。

這次不是太太像之前那樣來硬的，而是惠惠主動說，與其又被睡眠魔法催眠不如乖乖和我睡。

對方一開始就像這樣目空一切的話，我也沒興趣對她性騷擾了。

達克妮絲還是一樣鬧了彆扭，不過又和飄三郎一起被催眠了。

於是，我現在就像這樣，和惠惠的枕頭相併，睡在同一床被褥裡。

「……妳當然會這麼說啊，我可是差點就失身給不喜歡的對象了耶？像是半獸人、席薇亞之類的。」

「那還真巧啊，我這幾天也有類似的遭遇呢。」

「非、非常抱歉……！」

回顧了一下自己最近幾天的作為，我悄悄別開視線。

這時，身邊傳來惠惠的竊笑聲。

「如果和真覺得自己有錯的話，我想想……不然，就說點有趣的故事給我聽好了。可以的話，我想聽和真的國家的事情。」

說著，惠惠轉過頭來，面對著我──

「──然後，我靈機一動，對隔壁家的女兒這麼說：『請妳用這些錢買巧克力，在當天送到我家來。然後，找的錢都歸妳。』結果這個計畫順利成功，我老弟拿到的巧克力只有老媽給的一個，而我有老媽給的和隔壁家的女孩那個，加起來兩個。這時，我和弟弟之間的漫長戰鬥畫下了休止符。就這樣，我成功保住了身為哥哥的威嚴。」

這時，一直只是聽我說話的惠惠開了口：

「也就是說，和真是花錢作假才贏過了弟弟。知道和真從以前開始就是這樣的人，我就放心了……不過，這個習俗還真是奇特啊。在那天沒拿到那種叫作巧克力的東西，有那麼傷腦筋嗎？」

她興致勃勃地，針對我國那個可恨的節日進行考察。

「那已經不是傷不傷腦筋的問題了，如果我擁有唯一一次可以回到過去的機會的話，我鐵定會回去教訓那個想出這個奇怪風俗的傢伙。對於收不到巧克力的男人而言，那天就是這麼的找麻煩、傷腦筋。而且，即使度過了那個關卡，後面還有回禮這件事等著我們。」

「……回禮？那是什麼？」

我對惠惠說明其中的惡質結構：

「收到女生給的巧克力的話，還有另外一個充滿惡意的習俗，就是在一個月之後，必須回送金額相當於收到的東西的三倍的禮物才行。要是忽略了這件事，在女人之間的社交價值就會化為烏有。拿不到的話就會被人家在背後指指點點、遭到訕笑，拿到了又得破財。那個叫作情什麼節的節日，就是這麼一個惡魔般的活動。」

聽我這麼說。

惠惠一臉意外，語帶不解地說：

「為什麼和真收不到巧克力啊？雖然和真的為人有很多重大的缺陷，但是，只要在一起久了，就會發現和真也有很多優點。比方說，你是個非常……非常……？善良的人……好像不對。認真踏實……？也不對……奇怪？……奇怪？擅長待人處世？可是這樣怎麼會欠債……還、還有什麼啊——？」

還有什麼啊——？妳個頭啦。喂，加油好嗎。

這種時候應該多加把勁，多想點什麼優點出來才對吧。

「……這個嘛，雖然不太老實，但說來說去還是很照顧同伴。我並不討厭這樣的和真。」

什麼照顧同伴啊。

到頭來，這就和女性朋友經常對我說的、不把我當成異性看待的代表性稱讚，「你是個好人」是一樣的意思嘛。

不過，我也不期待和她發展出男女情感來，所以也不覺得心有不甘就是了。

最近的我，只是因為半獸人造成的心靈創傷，還有和席薇亞之間的種種，精神耗弱到看見有點姿色的異性，無論是誰都會有點在意罷了。

所以，沒聽到什麼了不起的稱讚我也完全不介意啦！

「如果我到了和真的國家，在那個什麼節那天，我會送你巧克力的啦。到時候你就可以拿去你弟弟面前炫耀了。」

這個傢伙也真是的，居然隨便對我說這種話。

「我看妳一定沒有仔細聽我說吧。那個什麼人節的，原則上是送巧克力給『喜歡的人』的節日喔。像妳這樣，只是因為感情好一點就隨便亂送巧克力的女生，馬上就會被男生誤會，不會有什麼好下場喔。妳的外貌還算不錯，要是在我的國家那樣做的話，馬上就會被當成心機女。」

聽我這麼說……

「我很喜歡和真喔。」

惠惠不以為意地隨口這麼說……

「妳剛才說什麼，清楚一點，請妳給我再說一次。」

我的耳朵可沒有不中用到在緊要關頭聽不見重要的台詞。

只有脖子以上探出棉被外面的惠惠笑得花枝亂顫，然後說：

「我說我不討厭和真啦。」

「喂，妳說的跟剛才不一樣喔，我的記憶力可沒差到那種程度。」

聽我這麼說，惠惠又笑了出來。

然後，她像是在閒聊似地說：

「和真，我問你一個假設性的問題喔。」

「什麼？假設什麼？我隨時都ＯＫ，儘管放馬過來吧。」

這個發展是要順應氣氛告白嗎？

是這樣嗎？

席薇亞也被打倒了，今天晚上不會有任何人來壞事。

惠惠下定決心開了口：

「和真，如果有辦法得到的話……」

如果有辦法得到的話？

繼續啊！

快把話說完！

正當我心神不寧、滿心期待時，惠惠平靜地對我說：

「——你會想要優秀的魔法師嗎？」

終章

「我想要的是最強的魔法師」

隔天早上。

惠惠帶著我，在村子裡散步。

散步途中，我們還撞見芸芸，於是就這樣三個人一起行動。

我原本以為芸芸會在這個村里多待一陣子，但是她好像又要回阿克塞爾去了。

也對，照這個情況看來，也難怪芸芸會想離開這裡。

我之所以這麼說，是因為在對抗席薇亞那場戰鬥之後，紅魔之里這裡產生了一個變化。

「啊！是**『背負蒼藍閃電者』**芸芸！好久不見了，我現在正要去吃飯耶，妳想不想一起來啊？」

和我們走在一起的芸芸，獲得了一個推測和惠惠及芸芸年紀差不多大的女孩如此邀約。

芸芸聽了，滿臉通紅地直搔頭。

看見芸芸的這種反應，找芸芸搭話的那個女孩也沒有一點不悅的樣子，只是說了聲「這樣啊，真可惜」，便笑著揮手離開。

「……妳還真受歡迎啊，**『背負蒼藍閃電者』**。不過是吃個飯，妳就陪她一下嘛。」

「別這樣！不要用那個名字叫我！我、我怎麼會做出那種傻事呢……！」

聽惠惠這麼說，芸芸差點沒哭出來，雙手遮著通紅的臉。

在那之後，大家對待芸芸的態度變得截然不同。

大家原本都當她是族裡最怪的怪胎，是個品味很奇怪的女孩；現在，她則是一躍成為全村的偶像。

一位路過的大哥對芸芸說：

「喔，是**『雷電轟鳴者』**芸芸！我現在正要去吃飯……」

「不去！我不去啦！」

一臉快哭出來的芸芸立刻如此拒絕，但那位大哥也不介意，只是說了聲「哎呀，真可惜」，並揮了揮手就離開了。

原則上，這似乎不是新的霸凌方式。

「……妳還真受歡迎啊，**『雷電轟鳴者』**。妳就跟他走，讓他請妳吃飯嘛。」

「別這樣！拜託妳別這樣！別幫我取那種奇怪的外號！」

芸芸掩著臉，用力搖頭。

而惠惠突然以自己手上的法杖的前端戳著芸芸的臉頰，用力轉了轉：

「妳在說什麼啊，紅魔族首屈一指的魔法師！不顧我的存在，擅自那麼自稱，卻又討厭人家幫妳取外號，太任性了吧！快點啊，再擺一次那個帥氣的姿勢來看看！」

「快、快住手——！惠惠還在介意那件事喔？借我說一次又不會怎樣！」

惠惠繼續拿法杖轉啊轉，而芸芸則是激烈地抵抗。

這時，我不經意地說了：

「妳們的感情還真好啊。」

聽我這麼說，惠惠瞄了我一眼。

接著，惠惠像是在生氣似地亂揮法杖，同時說：

「走了啦，動作快！聽說傳送服務員已經為了我們將阿克塞爾登錄為瞬間移動的目的地了！快點去請他安排送我們回鎮上！」

「啊啊、等一下啦，惠惠！」

我欣然看著連忙跟上去的芸芸，然後也悠哉地跟在她們兩個後面。

……這時，兩個年紀和惠惠差不多的少女，出現在我們面前。

「啊，軟呼呼同學、冬冬菇同學！」

不知道她們是什麼關係。

那兩個人指著惠惠說：

「好久不見了，芸芸和搞笑魔法師！」

「啊哈哈哈哈哈！紅魔族第一的天才，變成紅魔族第一的搞笑魔法師了！妳現在是村裡最熱門的話題呢！」

被這麼調侃的惠惠不由分說地撲向她們兩個：

「喂，隔了這麼久才見到令人懷念的同班同學，妳們是這樣打招呼的嗎！」

「我、我們只是想逗妳一下而已啦！對不起、對不起啦！都這麼久沒見了，妳也不用這麼有攻擊性吧！」

「放手，妳的握力是怎樣！妳現在是幾等了啊，好痛好痛，不要使用暴力啦！」

突然遭到惠惠襲擊，兩人立刻溼了眼眶。

……我不知道她們的關係到底是怎樣，不過看來她們兩個似乎很怕惠惠。

這時，其中一名少女對芸芸說：

「那個……妳昨天很帥氣喔。之前我一直以為妳是個怪胎，原來妳也有那樣的一面啊。」

說著，她害羞地別開視線。

「嗯，老實說我對妳刮目相看了！芸芸超帥的！」

然後，另外一個人也這麼說……

不，芸芸都已經雙手摀著紅通通的臉、快要哭出來了，妳們就別再說下去了吧。

「妳們兩個都有點脫線，我原本很擔心妳們呢。」

「對啊對啊，惠惠有點幼稚，芸芸感覺又很容易上壞男人的當。不過看來妳們兩個都過得很好，我就放心了。」

說著，她們兩個露出笑容，看得我也覺得心裡冒出一股暖意。

太好了，在阿克塞爾那麼孤單的芸芸，回到這裡來還是有看似朋友的人在呢。

這時，芸芸對我笑了笑。

「和真先生，我來為你介紹一下。她們是軟呼呼同學和冬冬菇同學。她們是我學生時代的……朋、朋友！」

如此介紹她們的芸芸顯得有點開心，又有點自豪，於是我對兩名少女說了聲「妳們好、妳們好」，再次點頭致意。

她們兩個聽了芸芸的介紹，也害羞地點頭致意。

「妳們好，我叫佐藤和真。芸芸平常很照顧我，我也算是她的朋友之一。請多指教。」

「「我、我們也要請你多多指教！」」

這個村子裡很多美女、正妹呢。

也因為這樣，我莫名地緊張了起來。

應該說，她們兩個看起來也有點緊張，不知道是不是我多心了。

看著這樣的我們，惠惠突然說出非常勁爆的話：

「喂，我知道妳們兩個平常沒什麼豔遇又欠男人，但也不要隨便勾引我的男人嘛。」

「「「！」」」

惠惠突然這麼說，讓另外三位少女都一臉驚訝，整個人完全僵住。

「嗚、喂，妳說什麼啊……？什麼嘛，昨天晚上妳說喜歡我，原來是認真的嗎？」

「「「！！」」」

聽我這麼說，三人更是為之驚愕。

冬冬菇和軟呼呼顯得驚慌失措。

「男男男男、男人！那個心裡只有魔法的惠惠，有男人了？這、這不是真的吧？我知道了，妳說的喜歡只是異性友人之間的喜歡對吧？」

「對對對對、對啊對啊——對時尚毫不關心的惠惠，怎麼可能突然就有男、男人啊……

對、對吧？」

她們兩個接連這麼說。

是怎樣。

這是怎樣。

芸芸也同樣驚慌失措。

「和、和真先生？是真的嗎？惠、惠惠真的說了那種類似、告白、的話……」

並且以又細又小的聲音這麼問我。

我看著惠惠，以眼神問她可不可以說，結果她就開了口：

「不用擔心，說到我們之間的關係呢，和真已經帶著甜點來到我家向我的父母打過招呼，我們也一起泡過澡，最近這一陣子更是每天晚上同睡一床被褥，在被窩裡動來動去，差不多就像這種程度。」

「「「！」」」

軟呼呼和冬冬菇臉色蒼白，踏著不穩的腳步向後退。

好吧，她說的確實都沒有錯就是了。

看著這樣的兩人，惠惠一臉贏過她們的樣子，得意地揚起嘴角……

「…………呵！」

「「！」」

然後對她們嗤之以鼻。

「…………哇、哇啊啊啊啊啊啊啊！有、有男人了又怎樣────！」

「我、我才沒有覺得不甘心────！才沒有覺得不甘心呢────！」

兩人留下這樣的臨別台詞，然後就跑走了。

接著，惠惠又對還留在現場、滿臉通紅、驚慌失措的芸芸說：

「芸芸。我想帶和真去一個地方。不好意思，可以請妳代替我們去找傳送服務員辦手續嗎？」

「咦！這、這個……好、好啊，可以是可以……！不過，妳們兩個，真的……？」

芸芸低著頭，心驚膽顫地來回看著我和惠惠。

這時。

惠惠以平常絕對不會用的，宛如高中女生般的口吻說：

「我們兩個，無論是誰交了男朋友，也永遠永遠都是朋友喔！」

「哇、哇啊啊啊啊啊！妳平常明明就不會說我們是朋友！我才沒有覺得又輸給惠惠了呢────！」

繼軟呼呼和冬冬菇之後，連芸芸也淚奔了。

——我跟著惠惠，來到村里的外面。

這裡是森林裡面一處杳無人煙的靜謐之處。

聽得見的只有蟲鳴與鳥囀。

這時，惠惠突然轉過來面對我。

……咦，這是什麼狀況？

咦，怎麼了？

告白？

不，她已經對我告白過了吧。

……那應該算吧？

不，昨天的那個可以算是告白嗎？

不不不，可是，她剛才還說我是她的男人耶！

但是，剛才那可能只是想在同班同學面前逞強罷了……！

千萬別大意啊，佐藤和真！要是現在說了「我也喜歡妳，我們交往吧！」她也只會說「我說的喜歡不是那個意思」而已。

不，追根究柢，我真的喜歡惠惠嗎？

不行，只要異性對我溫柔一點，我的心思就會輕易受到吸引！

難道我是這麼好騙的男人嗎？

這些想法瞬間在我腦中轉了又轉，讓我不知所措。

這時，注視著我的惠惠開了口：

「和真……我昨天問過你的那個問題，現在我要再問一次。和真，你想要優秀的魔法師嗎？」

……這是在幹嘛？

她昨天晚上也問過我這個問題，不過其中到底有什麼意圖呢？

我說出了昨天晚上也回答過的答案：

「如果問我想要還是不想要的話，我當然想要。」

理所當然的，我回答了如此理所當然的答案。

惠惠似乎對於這個答案感到滿足。

「這樣啊……嗯，那我也下定決心了。」

她這麼說，突然露出笑容。

……面對一個沒約會過的處男，在這種地方出乎意料地露出那種笑容，太危險了。

在這種沒有人跡的地方，說什麼下定決心了、想不想要魔法師之類的，害我心裡的小鹿都快撞破頭了。

「接下來，我想學上級魔法。」

惠惠說了這種超級刺激，對處男的第一次而言門檻太高的事情……等等，她說什麼？

「喂……妳剛才說什麼？」

我恢復了清醒，如此反問。

要是人家說除非忍住不發魔法否則一天三餐就會變成兩餐也不可能忍耐，照樣亂發魔法的爆裂狂，剛才是說了什麼？

惠惠拿出了自己的冒險者卡片。

她一邊看著卡片，一邊說：

「我一直在煩惱。在芸芸叫我搞笑魔法師之前，就一直在煩惱。我想，要是沒遇見和真還有阿克婭、達克妮絲的話，我大概不會煩惱這些，一直鍛鍊爆裂魔法吧。你看軟呼呼和冬菇的反應也知道，紅魔之里的人們，想必對我很失望吧……我不想再當和真的包袱了。下次，換我幫助和真還有大家。所以……所以，**從今天起，我要封印爆裂魔法。**」

說著，她對我笑了笑。

不不。

不不不。

「喂，等一下。妳有辦法使用上級魔法的話確實很有幫助。當然會是一大助力。不過，妳也不用封印爆裂魔法吧。我們也不是每天都會出討伐任務，到時候，我們還是可以去一天一爆裂啊。而且，就算平常不用，留下來當成緊要關頭的最後絕招不就好了……！再說，妳之前不是對芸芸說過嗎？妳只要得到技能點數，就會全部灌到提升爆裂魔法威力、高速詠唱等等技能，諸如此類的。」

聽我這麼說，惠惠輕輕一笑：

「真虧你還記得這種事情。為了能夠隨時學會上級魔法技能，我一直存著技能點數沒動……施展爆裂魔法之後，我就會耗盡魔力，整天無法再使用其他魔法。反過來說，要是用了上級魔法，當天可能也就無法使用幾乎得耗盡全部魔力的爆裂魔法了。學會上級魔法之後，也得每天練習、不斷詠唱，才能夠盡可能早點發動魔法、盡可能提升威力。」

說著。

惠惠就這樣一直盯著自己的冒險者卡片看。

……我忽然想起一件事。

是在離開城鎮之前，巴尼爾對我說過的話。

『汝在這次旅行的目的地，將會碰上同伴有所迷惘的時刻。汝的建言，將讓該同伴改變

自己應行之路。汝當審慎思量，做出不讓自己後悔的建言。』

啊啊，原來他說的就是這件事啊。

可惡，那個開外掛的惡魔，就連事情會變成這樣也全都知道嗎？

回去之後真想在他們店門的門把擦上聖水作弄他。

不過，我覺得這樣做只會讓握了門把的維茲嚴重燙傷而已。

惠惠像是望著充滿寶貴回憶的東西似的，一直注視著手上的卡片。

終於，她平靜地閉上眼睛。

然後深深吸了一口氣，睜開眼睛。

接著，她像是強忍著痛苦般迅速轉身背對著我，手往後一伸，將自己的卡片遞給了我。

惠惠的肩膀微微顫抖。

「不好意思，和真。我可以拜託你一件很過分的事情嗎？」

「……妳自己按不下去，所以想要我幫妳按學習上級魔法技能的按鈕嗎？」

惠惠用力點了點頭。

真是個傻瓜……

「妳仔細想清楚喔，我們就快要得到一大筆錢了耶。到時候，就不太需要出討伐任務，或是冒類似的危險了。我們還是在豪宅裡悠閒度日，偶爾用爆裂魔法掃蕩小怪物，大家一起過著開心的生活吧。」

聽我這麼說，惠惠忍不住笑了出來：

「之前動不動就問我想不想學中級魔法的，明明就是和真。」

說著，她笑到肩膀不住起伏，然後再次將卡片遞給我。

我默默接過卡片……

「……妳不後悔嗎？」

對著惠惠的背影這麼說。

「不後悔。我已經決定了，我不想再拖累大家。如果我是普通的紅魔族，一定就可以避免和真被半獸人追到哭出來，也可以阻止席薇亞帶走和真了吧……我是紅魔族首屈一指的魔法師，擅使上級魔法！今後……我想走這個路線。能夠使用上級魔法之後，潛在魔力比芸芸還要高的我，就必定是紅魔族第一了。我才不會把紅魔族第一魔法師的寶座讓給芸芸呢。」

惠惠斬釘截鐵地這麼說。

臉上還硬是擠出笑容。

……這個傢伙，真的是個傻瓜。

明明最喜歡的就是爆裂魔法，還為爆裂魔法奉獻了一切。

我默默操作了惠惠的卡片。

不過，原來不是本人也能夠操作卡片啊。

要是早一點知道就好了。

比方說，我就可以在剛遇見這些傢伙的時候，把達克妮絲和惠惠的卡片搶過來，擅自幫她們點技能了。

操作完成之後，我將卡片交還給惠惠。

惠惠看也沒看，就將卡片隨便塞回自己胸口。

然後，她迅速轉過頭來說：

「好了，那我們也差不多該回去找大家了！和阿克婭、達克妮絲她們一起回阿克塞爾去。對了對了，席薇亞的獎金啊，聽說金額很高喔！」

「是喔，真的啊！這樣的話，回到鎮上之後就來辦個宴會吧！」

正當惠惠準備回到村裡的時候，我拉住了她。

「啊，惠惠。妳再發個一次爆裂魔法給我看看嘛。」

我突然這麼拜託惠惠。

聽我這麼說……

「……你這個人真的是……為什麼老是這樣……我才剛下定決心不到五分鐘，就叫我破戒發爆裂魔法，你到底在想什麼啊？」

惠惠沒好氣地如此表示。

「在我的國家，有句格言叫做『明天再加油』。而且，我可還沒見過足以評為一百分的爆裂魔法喔？對付席薇亞的那次爆裂魔法是藉助了武器的力量。妳的最後一次爆裂魔法一點都不貨真價實耶，這樣可以嗎？」

「…………是你說的喔。好吧，我就讓你見識一下我的最後一次，而且也是最為犀利的爆裂魔法！」

說著，惠惠對準遠處的一塊岩石，大動作舉起法杖，擺出架勢。

「……啊啊，惠惠、惠惠。別瞄準那個。那個太近了，找遠一點的岩石當目標吧。妳打算毫不保留、使盡全力發招對吧？那個吧，瞄準前面那塊岩石。」

說著，我指了一塊位於樹林外面的平地的大石頭。

我突然這麼指定，讓惠惠歪頭不解。

「我是無所謂，不過那已經在射程邊緣了耶。那麼……和真就好好見識一下吧。吾傾全力使出的，最後的爆裂魔法！」

說著，惠惠換下剛才那種為了強忍痛苦而裝出來的虛偽笑容，打從心裡笑了出來。

她一臉樂不可支，滿心歡喜地開始詠唱爆裂魔法……！

「『Explosion』————！」

強烈的光芒從惠惠手上的法杖前端奔流而出，射中作為目標的岩石。

毫無疑問的，這是目前為止最強最棒的爆裂魔法。

隨著震耳欲聾的巨響，前所未見、規模極大的爆炸氣流吹襲而至。

如果這招打在席薇亞身上的話，或許不必用上那個武器都可以打倒她，這記爆裂魔法的威力就是如此驚人。

目睹了自己所發出的魔法的威力，惠惠一臉驚訝，連忙從懷裡掏出卡片。

以視線迅速掃過卡片之後，她轉過頭來，一臉有點困擾，又有點按捺不住心裡油然而生的喜悅，帶著這種難以言喻的微妙表情瞪了我一眼。

然後，她揮了一下自己的披風，心無窒礙地笑了出來，並且對著我說出報名台詞：

「吾乃惠惠！身為大法師，擅使爆裂魔法！身為阿克塞爾首屈一指的魔法師，乃終將窮究爆裂魔法之人！」

站在那裡的，是和平常沒有兩樣的惠惠。

我沒有遵照惠惠的意思去做，將剩下的技能點數全都灌在提升爆裂魔法威力的技能上。

問我想不想要優秀的魔法師？

上哪去找比我們家惠惠還要優秀的魔法師啊。

畢竟，面對魔王軍的幹部，她可是只靠一招爆裂魔法就可以玩弄他們、擊退他們。

要是有其他魔法師的戰果能夠比這個還要豐碩，就帶來給我看啊。

區區的優秀魔法師算什麼，我最想要的是……

一臉跩樣的惠惠挺起單薄的胸膛問我：

「剛才的有幾分？」

那還用說嗎？

「一百二十分。」

聽我這麼說，惠惠露出最燦爛的笑容——

「果然還是自己家最舒服！我暫時不想出遠門了！說穿了，要我一個繭居族出外旅行根本就是一種錯誤！」

回到久違的豪宅，我因為家一般的舒適而感到安心。

最近接連出了兩趟遠門，但照理來說，天生是個繭居族的我做出那種活躍的舉動本來就很奇怪。

反正不久之後，和巴尼爾的生意談成了，我就可以得到一大筆錢。

我短時間內不想再出遠門了。

不，乾脆暫時別踏出豪宅一步好了。

所幸，紅魔族的人說，我們可以把討伐席薇亞得到的獎金全部拿走。

這樣一來，我手頭上將會有不少錢。

決定了。我不會再介入任何麻煩了。

無論任何人來哭著求我，我也要把他趕回去。

「和真也真是的，馬上就開始發揮廢人本性啦。不過，不知道為什麼，看見你這個樣子我也覺得很放心。有種我也可以不用努力的感覺。」

「阿克婭，妳只是因為看見同類而感到安心罷了！別跟著墮落，不可以拿他當成榜樣，要當成負面教材！」

對於阿克婭的發言，達克妮絲說了這種失禮的話。

「別這麼說嘛，說來說去，這次的和真還是幫了不少忙。他解讀了古代文字，甚至連武器的使用方式都調查清楚，最後還打倒了席薇亞。」

不知道今天吹的是什麼風，惠惠難得幫我說話。

「打倒席薇亞靠的是惠惠的力量吧。我只是負責開槍而已。」

「不不，要是沒有那個能將魔法轉化為純破壞力的武器，單憑我的力量恐怕也對付不了他。一切的一切，都得歸功於扛了武器過來的和真。」

就在我和惠惠彼此將功勞讓給對方的時候。

「……喂，阿克婭，他們兩個是怎麼了？總覺得才出去旅行一趟回來，他們就變得怪怪的了……難、難不成，他們同床共寢的時候，終於……？」

「喂，妳別亂說喔，我可沒有犯下任何錯！對吧，惠惠，我們之間什麼都……喂，妳也給我乖乖否認好嗎！等一下我又被懷疑怎麼辦！」

達克妮絲以懷疑的眼神看著我，但惠惠並沒有否認任何事情，反而是跑到阿克婭的身邊去了。

看來，她好像對阿克婭手上的東西相當好奇。

這麼說來，這種時候阿克婭通常都是第一個跳出來亂講話的，這次還真難得啊。

那個傢伙從剛才開始就一直窩在沙發上，到底在幹什麼啊……

嗶叩——

……

「妳什麼時候把遊戲主機拿回來的！喂，也讓我玩一下，那個東西應該由身為玩家的我來保管才對！」

「想要我借你就必須付出相當的代價！具體來說，你明天得代替我打掃浴室才行！」

就在我和阿克婭搶著她帶回來的GAME GIRL的時候……

玄關響起了敲門聲，一個男人的聲音從外面傳了進來。

「不好意思，請問有人在家嗎？」

我和阿克婭互看了一眼，默默向對方點頭示意……

然後便直接輕步走近大門前。

「請問有人在……喔，您好，您就是住在這間豪宅……你、你們想怎樣！住手……！」

「我不知道你是何方神聖，但反正又是要拿麻煩的事情來煩我們的人對吧！回去回去，你這個瘟神！」

「和真，用『Drain Touch』！用『Drain Touch』吸收他的生命力，吸到他失去意識！然後就把他丟到外面去，當作沒有人來過！」

「你們兩個沒頭沒腦的搞什麼啊！喂，和真！放開你的手！」

「我知道你不想再被捲進麻煩，你的心情我懂，但也不能這樣攻擊素昧平生的人啊！」

撲向來訪者的我被達克妮絲和惠惠壓制住，雙手也被扣了起來。

來到豪宅的，是位年近初老，看似執事的男士。

男子氣喘吁吁，以充滿警戒的眼神看著我和阿克婭。

這時，看見那位貌似執事的男士，達克妮絲對他大喊：

「什麼嘛，這不是哈根嗎。我不是說了，除非事態緊急，否則別來豪宅這裡露面嗎？不是因為你們來了會造成我的困擾，而是如你所見，來了八成會很淒慘，我是擔心你們才那麼說的……」

看來，這位執事似乎是達克妮絲家的僱傭。

不過，來了八成會很淒慘是怎樣？

……也是啦，實際上他現在的處境確實是相當悽慘。

那位執事咳了一陣子之後，總算恢復了平靜。

「大小姐，我之所以來這一趟，正是因為事態緊急。其實是這樣的……」

閉嘴，我不想再碰上麻煩了！

為了表示不想聽那位執事說什麼，我摀住耳朵試圖抵抗，但達克妮絲抓住我的手腕，硬是拉開我摀著耳朵的手，想要叫我一起聽。

「住、住手——！這件事肯定和我無關，別想讓我知道、不要把我扯進去！我已經不想去任何地方了，也不想涉入任何危險！我只想悠悠哉哉地待在家裡！」

「對了，旅行期間廁所一直沒有人掃應該很髒了吧，我去清理一下！」

抓住劇烈抵抗的我和試圖逃跑的阿克婭，達克妮絲歪著頭對執事說：

「怎麼了，到底是怎麼一回事？家裡出事了嗎？」

聽達克妮絲這麼問……

「大事不好了，大小姐！要是置之不理的話，大小姐唯一的強項會消失啊！」

那位執事，說了這種令我無法置若罔聞的話。

「喂，等一下，你所謂的達克妮絲的強項是指什麼？難道是會縮水嗎？這副寡廉鮮恥的

身體會縮水嗎！應該說，我就覺得奇怪，她的身體實在太煽情了！我看，她八成是動用財力和權力，弄到了可以把胸部變大的魔道具吧！」

「你在說什麼啊！說到我的強項當然就是防禦力……不對啦！哈根，你也太過分了，我明明就還有很多強項……！吶，惠惠、阿克婭，我還有更多強項對吧？」

面對哭喪著臉求救的達克妮絲……

「先別管強項了，所謂可以把胸部變大的魔道具，到底是有這種東西還是沒有？如果有的話請說清楚講明白……」

「和真還有這位大叔都很過分耶！我們家達克妮絲還是有很多優點啊！她好騙到只要哭著拜託就幾乎都會答應，教她一些亂七八糟的事多半也都會照單全收所以不會無聊好痛好痛好痛！達克妮絲快放手，我的頭會被妳抓爆啦！我明明就是在誇獎妳耶，幹嘛這樣啦！」

達克妮絲一把抓住阿克婭的太陽穴害她放聲尖叫，這時執事說了：

「不是的！再這樣下去，達斯堤尼斯家的貴族資格將遭到剝奪，大小姐可能會變成一介平民！要是事情真的變成那樣的話，不諳世事的大小姐恐怕只能靠您惹火的身體賣身為生了大小姐、大小姐！快別折騰我老人家了，會出人命啊！」

正當眼中泛淚的達克妮絲掐著執事的脖子時，一封信飄落到她的腳邊。

「……？這是什麼？」

「是王家寄來的信件。看過內容之後，各位應該就能理解事情對達斯堤尼斯家有多麼嚴重了。而且，這件事也和佐藤先生等人有關……」

說著，執事瞄了我一眼。

別這樣啦，不要再把我們牽扯進去了好嗎！

攤開信紙的達克妮絲，臉色變得越來越蒼白，最後雙膝一軟。

看來信上寫的事情真的非常麻煩。

「……信上說什麼？」

我提心吊膽地這麼問，結果達克妮絲赫然回過神來說：

「沒沒、沒什麼！這跟和真先生沒關係！不是，真的和你沒關係，所以無須在意！」

聽達克妮絲突然冒出奇怪的敬稱，我覺得事有蹊蹺，伸出手說：

「信拿來給我看。」

「我、我拒絕。沒有啦，每次都害你被捲入麻煩當中，我也深感歉疚；而且，你剛才不是也說了嗎？說你不想再被捲入麻煩當中了！所以，這件事情……」

「『Steal』。」

「啊啊！」

搶過信紙之後，我和在我身後偷看的阿克婭以及惠惠一起迅速掃過一遍。上面寫著……

『打倒眾多魔王軍幹部，為這個國家貢獻良多的偉大冒險者，佐藤和真大人。聽聞您的活躍表現，我非常想和您談話，因此希望您能夠賞光，一起用餐。』

信的最後，有國徽和寄件人的名字。

寄件人的名字叫作愛麗絲。

就連對這個世界不太熟悉的我都知道，她是這個國家的第一王女。

也就是所謂的公主殿下。

「和真，這種事情還是婉拒吧！要是第一王女愛麗絲殿下有點什麼閃失，我們的腦袋就沒了！就算只是我們當中有人對殿下失禮都有可能釀成大問題！你根本不懂任何禮儀規範對吧？你很討厭那種枯燥煩悶的東西吧？對吧？還是婉拒吧！對、對了，讓達斯堤尼斯家包下哪間好吃的餐廳，找些親朋好友，辦個宴會來讚揚你的功績好了！所以……！」

我看向阿克婭和惠惠，和她們兩個同時點頭。

「我們的時代終於來臨了。」

眼中泛淚的達克妮絲抓住已經站起來的我的腰部作為支撐，使勁地搖著頭。

（完）

後記

我是疑似作家人士的暁なつめ。

終於，這部系列作也在不知不覺間出到第五集了呢。

如果包含外傳作品《為美好的世界獻上爆焰！》在內，這已經是系列作的第六本了。

到目前為止的發行速度相當快，不過可能從下一本開始就要回到一般的發行速度了。

這並不是因為作者要任性說想休息或是想玩耍而讓責編傷透腦筋。

真的，單純只是因為多了其他工作而已。

而其他工作就是……因為決定要推出廣播劇ＣＤ所以得寫新稿！

此外，還有之前也告知過的在《DRAGON AGE》連載的漫畫，也得針對相關細節開會！

之所以能夠接到這些工作，都是因為三嶋くろね老師和Ｋ責編，以及參與本系列製作工作的各位的多方關照，而最重要的，就是各位讀者的支持。

希望各位今後也能繼續愛護本系列，同時在此向各位深深致謝！

暁　なつめ

感謝各位
購讀本書！
這集的和真還真受歡迎呢！
（以各種意義來說）
芸芸真是好可愛啊，芸芸！(´▽`*)
みしま
くろね
第五集的
未採用
封面草稿

NEXT

你……！無論如何我都要讓你放棄
這次會晤——我可不會讓你去王都！

這麼說來，和真先生。
和那個惡魔說好的
三億艾莉絲，你拿到了嗎？

先別管這些了，最重要的——

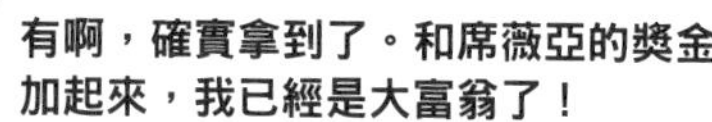

既然如此，那就不用工作，
也不用離開家裡了。今後——

既然如此，不如邀請
第一王女到家裡來吧。

？？

下一集是長篇。會是王都篇……還是會變成自家篇呢？

COMING SOON!!

為美好的
世界獻上
祝福!

為美好的世界獻上祝福！外傳
暁なつめ
illustration 三嶋くろね
為美好的世界獻上爆焰！
好評大熱賣!!
《為美好的世界獻上祝福！》惠惠視角的衍生外傳登場！
「——請妳教我剛才的魔法。」
紅魔族首屈一指的天才魔法師惠惠
一日一爆裂的真相……！
在此即將揭開
小説家になろう
出自「成為小説家吧」網站

國家圖書館出版品預行編目資料

為美好的世界獻上祝福!. 5, 爆裂紅魔Let's & Go! / 暁なつめ作 ; kazano譯. -- 初版. -- 臺北市 : 臺灣角川, 2015.09

面 ; 公分. -- (Kadokawa fantastic novels)

譯自 : この素晴らしい世界に祝福を!. 5, 爆裂紅魔にレッツ&ゴー!!

ISBN 978-986-366-707-0(平裝)

861.57 104015088

Kadokawa
Fantastic
Novels

為美好的世界獻上祝福！ 5
爆裂紅魔Let's & Go!

（原著名：この素晴らしい世界に祝福を！5 爆裂紅魔にレッツ＆ゴー!!）

2015年10月3日 初版第1刷發行
2024年5月20日 初版第17刷發行

作者：暁なつめ
插畫：三嶋くろね
譯者：kazano

發行人：台灣角川股份有限公司
總監：呂慧君
總編輯：蔡佩芬
主編：林秀儒
副主編：楊鎮遠
設計指導：陳晞叡
印務：李明修（主任）、張加恩（主任）、張凱棋、潘尚琪

發行所：台灣角川股份有限公司
地址：104台北市中山區松江路223號3樓
電話：（02）2515-3000
傳真：（02）2515-0033
網址：www.kadokawa.com.tw
劃撥帳戶：台灣角川股份有限公司
劃撥帳號：19487412
法律顧問：有澤法律事務所
製版：尚騰印刷事業有限公司
ISBN：978-986-366-707-0